छुटकारा
(कहानी संग्रह)

छुटकारा

ममता कालिया

लोकभारती प्रकाशन
पहली मंजिल, दरबारी बिल्डिंग, महात्मा गाँधी मार्ग, इलाहाबाद-1

लोकभारती प्रकाशन
पहली मंजिल, दरबारी बिल्डिंग
महात्मा गाँधी मार्ग, इलाहाबाद-1
बेवसाइट : www.lokbhartiprakashan.com
ई-मेल : info@lokbhartiprakashan.com.
शाखाएँ : 1-बी, नेताजी सुभाष मार्ग, दरियागंज
नई दिल्ली-110 002
अशोक राजपथ, साइंस कॉलेज के सामने
पटना-800 006

प्रथम संस्करण : 1970
वर्तमान संस्करण : 2010

मूल्य : 150.00

आवरण : लोकभारती स्टूडियो

इण्डियन प्रेस प्रा. लि.
36, पन्नालाल रोड, इलाहाबाद-211 002
द्वारा मुद्रित

CHUTKARA
by Mamta Kaliya

ISBN : 978-81-8031-420-9

भूमिका की तरह

समय के साथ-साथ हमारे अंदर न जाने कितनी कहानियां भरती जाती हैं। स्मृति के इस छोटे से चिप में अनेक घटनाएँ, स्वप्न, दुस्वप्न, अनुराग-विराग और आशंकाएं ठसाठस समाई हैं। कई बार मैं सोचती हूं कि होती मैं हुसैन-मक़बूल फ़िदा-तो अपनी बेचैनियों को इतने ऊंचे बुर्ज पर लटका देती-यों। ऐसी तड़फड़ तबीयत से कोई क्या बताए कौन सी कहानी कब लिखी, क्यों लिखी, कहां लिखी। कई बार सुबह के अख़बार के साथ कोई कहानी मेरे पास चली आई, कतरन की तरह; कभी-कभी किसी जुमले के साथ रिबन की तरह खुलती गई कहानी; कभी दुखती उंगली की तरह रात भर चस-चस करती रही, तो कभी हालात बनकर हिला गई आपबीती।

जितना यह सच है उतना ही यह भी केवल भाव बोध के सहारे नहीं टिकी रहती कहानी, जब तक उसमें वृहत्तर समय-समाज का सरोकार और दृष्टि-बोध न हो।

प्रस्तुत कहानियों में से कुछ ऐसी हैं जो अपने आप मुझ तक चली आई हैं। मेरी पहली कहानी छुटकारा में कच्ची धान की बोली की गन्ध है लेकिन भावुकता नहीं। सन साठ के बाद के लेखकों की तरह मैंने भी भावुकता का बोझ उतार फेक कर ही कहानी की दुनिया में कदम रखा मैंने जब लिखना शुरू किया मैं बहुत छोटी थी। आजकल लेखिकायें प्रौढ़ अवस्था में लिखना शुरू करती हैं जब कलम-कलाई में चौकन्नापन आ जाता है। मेरे लिये लेखन, साइकिल चलाने जैसा एडवेन्चर रहा, डगमग-डगमग चली और कई बार घुटने-हथेलियां छिला कर आगे बढ़ना शुरू किया। अपनी समस्त गलतियाँ अपने आप कीं, कोई गॉड फादर

नही बनाया, न ही कोई गॉडमदर। बिल्ली की तरह किसी का रास्ता नहीं काटा और किसी को गिरा कर अपने को नहीं उठाया। हमारे समय में लिखना, जीवन में रस का अनुसंधान था, न उसमें प्रपंच था न बाज़ार। समय-समाज के सवालों से जूझने की तीव्र उत्कंठा और जीवन के प्रति विस्मय ही मेरी कहानियों का स्रोत रहा है।

मेरे लिखने का कोई निश्चित समय नहीं होता। बिना किसी नक़्शे के कहानी शुरू कर देती हूं मानो शून्य गगन में एक तारा टांक रही हूं। पहले तो फुर्सत ही नहीं मिलती, अगर मिल गई तो बजाय लिखने के टीवी के ऊटपटांग उत्पात देखने में समय नष्ट करती हूं। न लिखा जाए तो रसोई में घुस जाती हूं, रसोई में कोई काम बिगड़ जाए तो पैर पटकती हुई वापस कमरे में आ जाती हूं। कमरे की मेज़ पर मेरे कागज़ हरदम फैले रहते हैं। कई बार दो-चार पन्ने उड़कर ग़ायब भी हो जाते हैं। लोग जीवन में अराजक होते हैं, मैं लेखन में अराजक हूं लिखने के बाद, छप जाने पर रचना पढ़कर अफ़सोस और असंतोष होता है, अरे इसमें वह सब तो लिखा ही नहीं गया, जो सोचा था।

इस सबके बावजूद अब तक मैंने जो भी, जैसा भी लिखा, उस सब को मैं स्वीकार करती हूं। मैं अपनी हर कहानी पर यह शपथ-पत्र लगा सकती हूं कि यह मैंने बड़ी शिद्दत से, अपनी नसों पर महसूस करते हुए लिखी। हर कहानी को अपने कलेजे की गर्मी से सेंका और पकाया। कितना ही यथार्थ खुद झेला, कितना औरों को झेलते हुए देखकर विकल हुई। जिस वक़्त जो लिखा उसमें अपनी पूरी ऊर्जा और ऊष्मा लगा दी। अपने समय से संवाद और विवाद करती इन रचनाओं के साथ मैं निष्कवच खड़ी हूं आपके सामने।

ममता कालिया

अनुक्रम

बड़े दिन की पूर्व साँझ

मुझे नृत्य नहीं आता था। रुचि भी नहीं थी। मैंने ऐसा ही कहा।

वह बोला, 'आता मुझे भी नहीं है।'

मैंने सोचा बात खत्म है।

उसने हाथ में पकड़ी मोमबत्ती की तरफ देखा और हकबकाया-सा हँस दिया, 'यह मैंने ले ली थी। मुझे पता नहीं था इसका मतलब यहाँ यह होता है।'

सब अपनी-अपनी मोमबत्तियों और लड़कियों के साथ फ्लोर पर थे। बैंड उसका इंतजार कर रहा था।

'देखिये प्लीज, मेरे दोस्तों में मेरी बहुत हँसी होगी अगर मैं नाच न पाया।'

वह तब तक नर्वस हो गया था।

मैं उससे ज्यादा अटपटी हालत में थी। मैंने रूप की तरफ देखा, फिर उसकी तरफ। मैंने निर्णयात्मक ढंग से कहा, 'मैं शादीशुदा हूँ, यह मेरे पति हैं।'

उसने मुझे छोड़ रूप से प्रार्थना करनी शुरू कर दी। बड़े दिन की पूर्व-साँझ को नृत्य जाने बिना भी नाचना मैं अजीब न मानती, पर रूप ने मोमबत्ती नहीं खरीदी थी और हमारी शादी को सिर्फ पाँच दिन गुजरे थे। साढ़े चार दिन हम एक ही कमरे में कैद रहे थे और उठने के नाम पर बाथरूम तक जाते थे। आज बाहर आते समय मुझे लगा, मैंने कहा भी, 'दिन ज़्यादा सफेद नहीं लग रहा तुम्हें?'

रूप में सिर्फ कहा था, 'लोग अभी भी बस की क्यू में खड़े हैं।'

वह रूप से बात कर चुकने पर मेरी ओर ऐसे बढ़ा कि उसे अनुमति मिल गई। मैंने रूप की ओर बिल्कुल पत्नियों वाली निगाह से देखा, वह चौथा बड़ा पैग मुँह में उँडेल रहा था।

हमारे फ्लोर पर आते ही बैंड शुरू हो गया। वह लड़का खुश था। उसने मोमबत्ती जला ली थी और ढूँढ-ढूँढकर दोस्तों की ओर देख रहा था। जिस समय किसी दोस्त से उसकी आँख मिल जाती, वह मुझे अधिक कसकर पकड़ लेता जैसे बच्चा एक और बच्चे को देखकर अपना खिलौना पकड़ता है।

मैं सोच रही थी वह मुझसे बोलेगा। उसे शायद नृत्य की तहजीब का पता न था। वह मुझसे बिलकुल बात नहीं कर रहा था, बस नर्वसनेस में बार-बार मुस्करा रहा था। उसे इस बात का काफी ख़याल था कि मोम मेरी साड़ी पर न गिर जाए।

प्रथा के विपरीत मैंने बात शुरू की, 'तुम्हारा नाम शायद जोशी है।'

उसने कहा, 'नहीं, भार्गव!'

'ऐसा नहीं लगता कि तुम पहली बार नाच रहे हो।'

वह चुप रहा। थोड़ी देर बाद उसने मुझसे फिर माफी माँगी, 'मैंने आपको आज बड़ा तंग किया, पर नृत्य करना मेरे लिए जरूरी था। यह एक...'

मैंने बीच में टोक दिया, 'मैं समझती हूँ।'

वह मुझे आप कहकर सम्बोधित कर रहा था। मैंने अनुमान लगाया कि उसकी शादी अभी नहीं हुई थी। शादी के पहले मैं भी इतने लोगों को आप कहा करती थी कि अब मुझे ताज्जुब होता था।

वह बहुत छोटा और अकेला लग रहा था।

रूप को मैं जहाँ खड़ा छोड़ आई थी, उस ओर इस वक्त मेरी पीठ थी। मैंने उससे कहा, 'जरा देखना मेरे पति वहीं खड़े हैं क्या?'

उसने कहा, 'नहीं, वह वहाँ नज़र नहीं आते।'

थोड़ी देर के लिए उसे पर्याप्त व्यस्तता मिल गई। जल्दी ही उसने बताया, 'हाँ वह वहाँ हैं, उन्होंने एक और पैग ले रखा है।'

वह रूप को रुचि से देखता रहा।

'वह उतना पी सकेंगे, मेरा मतलब है, होश रखते हुए?'

मैं हँसी। मैंने कहा, 'इस, बात की चिंता मेरी नहीं।'

वह डर गया। उसने मुझे ध्यान से देखा।

मैंने बताया, 'नहीं, मैं नहीं पीती।'

वह दुखी हो गया था, 'मैं ज्यादा नहीं पी सकता। हमारे मेस में सिर्फ ड्रिंक्स की पार्टियाँ होती हैं तो बड़ी असुविधा होती है।'

मैंने कहा, 'तुमने घर पर कभी नहीं पी होगी।'

उसने घमंड से बताया कि उसके घर में अंडा भी नहीं खाया जाता। जब से वह एयरफोर्स में आया तभी से उसने पहली बार यह सब देखा। घर पर उसने घरवालों को सिर्फ दूध, चाय या पानी पीते देखा था।

मैंने पूछा, 'तुमने चखी है?'

'हाँ, मुझे बहुत कड़वी लगी है।'

मैंने कहा 'मुझे कड़वाहट पसंद है।''

उसने मेरी तरफ ध्यान से देखा।

मैंने फिर आश्वासन दिया कि मैं वाकई नहीं पीती।

उस ओर जब तक मेरा मुँह हुआ, रूप वहाँ नहीं था।

मैंने एकदम उससे पूछा, 'मेरे पति कहाँ हैं?'

वह सकपका गया, 'मैंने नहीं देखा; मुझे नहीं मालूम', मुझे अफसोस है।'

मैंने उससे कहा, 'मैं जाना चाहूँगी।'

भार्गव ने मुझे समझाना चाहा कि डांस नम्बर के बीच में से जाने से उसकी स्थिति कितनी अजीब हो जायेगी।

उसने कहा, 'आपके पति बार में गये होंगे, आ जायेंगे।'

मुझे हँसी आने लगी। मैं रूप को ढूँढने नहीं जा रही थी। दरअसल मैं इस ऊलजलूल कवायद से तंग आ गई थी। अनभ्यस्त होने की वजह से हमारे जूते बार-बार एक-दूसरे के पैर पर पड़ रहे थे। वह मेरी साड़ी पर बहुत बार पैर रख चुका था और मुझे उसके फटने की आशंका थी।

उसने कहा, 'मेरी मोमबत्ती के नीचे एक नम्बर है, अगर उद्घोषणाओं के बाद यह शेष रहा तो मुझे कोई उपहार मिलेगा।'

मैंने फ्लोर पर गिना, चार जोड़े बचे थे।

उसे अपने 'लकी' होने की काफी आशा थी।

उसने शर्माते हुए बताया कि वह 'रेस' में हमेशा जीता है।

मैंने पूछा कि वह कितना लगाता है।

उसने कभी सौ से ज्यादा नहीं लगाया था। उसने कहा कि उसकी समझ में नहीं आता वह किस घोड़े पर लगाए। वह वहाँ जाता है और उसके आगे खड़ा आदमी जिस घोड़े पर दाँव लगाता है, उसी पर वह लगा देता है।

मैंने उससे उसका जन्मदिन पूछा और उसका लकी नम्बर बताया। वह खुश हो गया।

उसने मुझसे कहा, 'आप बुरा न मानें तो एक बात पूछूँ? आपके पति बुरा तो नहीं मानेंगे?'

मुझे भार्गव पर लाड़ आने लगा। लगा यह सवाल लेकर उसने काफी माथापच्ची की होगी। इस वक्त वह सहमा-सा मुझे देख रहा था। मैंने कुछ नहीं कहा, बस, जहाँ रूप कुछ देर पहले खड़ा था, वहाँ देखकर चाव से हँस दी।

उसे उत्तर की सख्त अपेक्षा थी। मैंने गर्दन से 'न' कर दी।

'तुम्हारी कोई लड़की नहीं?' उसे लेकर मुझे जिज्ञासा हो रही थी। उसने कहा, 'मेरी अभी शादी नहीं हुई।'

मैंने अंग्रेजी में कहा, 'मेरा मतलब 'लड़की-मित्र' से था।'

वह और नर्वस हो गया।

थोड़ी देर में संयत होकर उसने बताया कि उसकी माँ ने अब तक उसके लिए दर्जनों रिश्ते नामंजूर कर दिए हैं। वह खूबसूरत-सी लड़की चाहती है, बेशक वह इंटर ही पास हो।

हमारा नंबर इस बार आउट हो गया।

मैं हॉल में रूप को खोजना चाह रही थी। भार्गव साथ-साथ देख रहा था। मैंने उससे कहा कि वह परेशान न हो मैं स्वयं ढूँढ लूँगी।

मैं हॉल में देखने के बाद सीधे 'बार' में गई। रूप बेतहाशा पी रहा था और उतना ही स्मार्ट लग रहा था जितना तब जब क्लब में घुसा था।

हमारे वहाँ जाते ही रूप ने मेरे लिए 'जिन' और उसके लिए 'ह्विस्की' मँगाई। भार्गव डर गया।

मैंने रूप को इशारे से मना किया, 'भार्गव बहुत पी चुका है, अभी इसे मोटर साइकिल पर बारह मील जाना है।'

भार्गव ने कृतज्ञ आँखों से मुझे देखा।

उसने एक बार फिर रूप से सफाई में कुछ कहा।

उसकी समझ में नहीं आ रहा था, कितनी देर में उसे 'ऑलराइट' कहकर चले जाना चाहिए। वह जेब से मोटर साइकिल की चाबी निकालकर खेलने लगा।

रूप ने मुझे कोट पहनाना शुरू कर दिया क्योंकि हमारा इतनी देर बाहर रहना काफी साहस की बात थी, यह मानते हुए कि हमारी शादी को सिर्फ पाँच दिन हुए थे।

◆◆◆

वे तीन और वह

"क्या तुम लोग सेब खाओगे?" प्रयाग की बहन ने उनकी ओर देखा।

उन दोनों ने एक साथ गर्दन हिला दी और एक ही अखबार को जिसे वे काफी देर पहले पढ़ चुके थे, फिर से पढ़ने लगे।

सेब खिला चुकने के बाद उसकी बहन ने छिलके प्लेट में से चुनकर उस लिफाफे में डाल दिये, जिसमें वह सेब लायी थी। फिर उसने प्रयाग को ठीक से उढ़ाकर कहा, "तुम कुछ देर के लिए सो जाओ। दवाई समय पर ले लेना। ज्यादा बातचीत मत करना। एक-दो बार सिंकाई जरूर कर लेना। गर्म पानी की बोतल यह रही। इण्ट्रा मस्क्यूलर इन्जेक्शन सेंके बगैर ठीक नहीं होगा।'

प्रयाग बच्चों जैसी धुली-धुली आँखों से बहन की बातें सुनता रहा; उसके एक बार और 'सो जाओ' कहने पर उसने तभी आँखें मूँद लीं।

बहन अपनी फाइलें और पर्स उठाकर चली गयी।

पहले ने दूसरे की ओर देखकर कहा, "तुम या मैं?"

दूसरा हँस दिया, बिना निर्णय लिये। अखबार खत्म करते ही दोनों को लेट्रीन की जरूरत महसूस होती थी। पहले ने कहा, "मैं सम्पादकीय फिर से पढ़ लूँगा, तुम जाओ।"

पर पहले से सम्पादकीय फिर से नहीं पढ़ा गया। प्रयाग उसकी ओर देख रहा था। आँख मिलने पर उसने कहा, ''मुझे लगता है मेरी तबियत आज काफी अच्छी है।''

''सुबह के समय रोज अच्छी रहती है। जब तक शाम को बुखार चढ़ना बन्द नहीं होगा, तुम्हारी तबियत ठीक नहीं होगी।''

''मैं बुखार देख लूँ !'' प्रयाग ने मेज पर से थर्मामीटर उठाया।

दूसरा लौट आया था और अब तीनों टूथब्रशों में से अपना ब्रश पहचानने की कोशिश कर रहा था। उन लोगों ने एक दिन साथ-साथ टूथब्रश खरीद लिए थे, क्योंकि फाउण्टेन पर उस दिन 'हर माल छह आने' वाली दुकान में टूथब्रश आ गये थे। दूकान पर सभी टूथब्रश एक रंग के थे और वे यह सोचकर ले आये थे कि कोई पहचान बना लेंगे। वे चाहते थे कि टूथब्रश पर अलग-अलग रंगों का कागज चिपका लें, पर उनके पास गोंद नहीं था और फिर कागज उखड़ भी सकता था। सूक्ष्म निरीक्षण पर उन्होंने पाया कि हर एक के ब्रश के बालों की दिशा अलग होती जा रही है और वे इसी आधार पर अपना ब्रश पहचानने की कोशिश करते थे।

जब दूसरा भी हाथ-मुँह धो चुका, तब पहला जाकर रसोई से डबलरोटी, मलाई और चीनी ले आया। उसने स्लाइसेज बनाते हुये प्रयाग से लेने के लिए कहा।

''नहीं, मैंने सुबह-सुबह सेब खा लिया। पूरे दिन कुछ नहीं खा पाऊँगा। पेट बहुत भर गया।'' उसने गुनगुनाते हुए से स्वर में कहा।

उन्होंने स्लाइसेज खाकर एक दूसरे की ओर देखा, फिर पानी पीना ही ज्यादा ठीक समझा। चाय किसी-न-किसी को बनानी पड़ती और वे अभी से रसोई में घुसना नहीं चाहते थे।

ये दोनों राशनिंग ऑफिस में काम करते थे और वहीं, बातचीत के दौरान उन्होंने महसूस किया कि दोनों को ही मकान की तकलीफ है। दूसरे का कहना था कि अगर वे लोग मिलकर मकान लें, तो सौ रुपये में उन्हें अच्छा मकान मिल सकता है—अच्छा ऐसा कि जिसमें पड़ोस में घाटनें गाली-गलौज न करें और जिसका पता खोली नम्बर दो सौ आठ या चाल नम्बर बारह न हो। दलाल को दो महीने का किराया देने पर उन्हें मकान मिल गया और वे अपनी संयुक्त आमदनी का लगभग एक तिहाई हिस्सा मकान-मालिक को देने लगे। उन्होंने पाया कि अब वे पहले से भी ज्यादा परेशान हैं, क्योंकि दोनों को ही सिगरेट और कॉफी की आदत थी और बचे हुए पैसे महीने की बीस तारीख के बाद नजर नहीं आते थे। ऐसी हालत में प्रयाग का शामिल होना उन्हें अच्छा लगा था, हालाँकि उनके पास एक ही कमरा था, जिसमें तीसरी चारपाई लगाने के लिए उन्हें कमरे की एकमात्र कुर्सी फोल्ड कर देनी पड़ी थी। वे लोग खाना घर पर बनाते थे और बारी-बारी से रसोई में काम करते थे। प्रयाग ने कहा कि वह बाहर ही खायेगा, वह कई सालों से बाहर खा रहा है, फिर उसे खाना बनाना भी नहीं आता था। वह मकान का किराया शेयर करता था और बिजली का बिल। शुरूशुरू में जब वे दोनों खाना खाने बैठते या चाय पीने, प्रयाग फौरन चप्पल पहन कर बाहर चला जाता, पर अब वह अखबार उठाकर पढ़ने लगता या दूसरी तरफ मुँह करके लेट जाता। उन दोनों ने कई बार उसे शामिल होने के लिए

कहा, पर वह मना करते-करते घबरा जाता, फिर उसके शब्द अस्पष्ट हो जाते और चेहरा लाल। उन लोगों ने अब पूछना कम कर दिया था।

जब प्रयाग बीमार हुआ, उन लोगों की समझ में नहीं आया कि उन्हें क्या करना चाहिए। वे दोनों दफ्तर में नये थे और छुट्टी लेने से डरते थे। फिर इन्स्पेक्शन के दिन थे और इन्स्पेक्शन के दिनों में छुट्टी लेने से सालाना रिपोर्ट में फर्क आ सकता था। प्रयाग ने उन्हें खुद दफ्तर जाने को कह दिया, तो वे आश्वस्त हो गये। पर लौटने पर उन्होंने पाया कि प्रयाग का बुखार तेज़ था और उसने पूरे दिन में दवाई के अतिरिक्त कुछ नहीं खाया था।

उसने अटकते-अटकते बताया कि उसकी एक बहन यहाँ है।

बहन से मिलने के पहले उन्होंने यह कल्पना नहीं की थी कि प्रयाग जैसे लड़के की बहन बैंक में काम करती होगी और बात करते वक्त उसके माथे पर त्योरियाँ पड़ती होंगी। उसने अपनी खुरदुरी ठोड़ी खुजाते हुए पूछा, "प्रयाग आजकल क्या करता है?"

उन्होंने बताया, उसे एक सौ तीन से ज्यादा बुखार है और वह बिस्तर में पड़ा है।

"डॉक्टर ?" उसने त्योरियों के बीच कहा।

"हम लेकर आये थे, दवाई दी है।"

"मैं शाम को आऊँगी।" और उसे इतने मोटे लेजर पर झुकते देख वे वहाँ से चले गये।

वे दोनों एक-दूसरे से बड़ी जल्दी खुल गये थे, इतनी जल्दी कि खुद उन्हें भी आश्चर्य हुआ था। दफ्तर में काम रूखा था और बैठने के लिए

कुर्सियाँ बेहद सख्त और तकलीफदेह। शाम को दफ़्तर से उठने पर एक संयुक्त उकताहट उन्हें पास लेती आयी थी और उन्होंने पाया कि सड़क पर दिखने-वाली लड़कियों-औरतों के बारे में वे एक-सी अश्लीलता से सोचते हैं।

किसी चौड़ी स्त्री को देखकर पहला कहता, "ऐसी स्त्री से मैं सिर्फ बहुत जरूरत पड़ने पर प्यार कर सकता हूँ।"

दूसरा कहता, "मैं भूखा रहना पसन्द करूँगा"

फिर उनके चेहरों पर ऐसा भाव आता, जैसे भूखे तो वे रोज ही रहते हैं।

प्रयाग को वे बता चुके थे कि उसकी बहन शाम को आयेगी। फिर भी प्रयाग शाम को अपनी बहन को देखकर नर्वस हो गया। बहन ने काफी तेजी से प्रयाग से पूछा कि वह बीमार कैसे पड़ गया।

वे दोनों कुछ देर प्रयाग की चारपाई के पास खड़े रहे, जैसे डॉक्टर के आने पर खड़े हो गये थे, फिर वे सामने की चारपाई पर बैठ गये। बहन ने पुड़िया खोलकर गोलियाँ देखीं, बुखार लिया और उनकी ओर मुड़कर पूछा, "डॉक्टर एम0 बी0 बी0 एस0 है?"

उन लोगों ने इस बात पर कभी गौर नहीं किया था। डॉक्टर की दूकान नीचे ही थी। पहले उन्होंने सोचा, उनमें से एक जाकर डॉक्टर का बोर्ड देख आये, पर फिर उन्होंने कह दिया, जहाँ तक वे समझते हैं, डॉक्टर बहुत लायक है और उसकी दुकान पर काफी भीड़ रहती है।

बहन ने अपना पर्स खोला, जो थैले से भी बड़ा था। उसमें से उसने चीकू, केले और एक सेब निकाला। फल उसने प्रयाग के सिरहाने रख

दिये। बैठे-बैठे सारे कमरे को आँखें घुमाकर देखते हुए उसने पूछा कि प्रयाग इसका कितना किराया देता है और खाना कहाँ खाता है !

प्रयाग ने आज्ञाकारी बच्चे की तरह एक वाक्य में दोनों जवाब दे दिये।

बहन ने मुड़कर उन लोगों से कहा, "देखो, जब तक यह बीमार है, इसे बाहर न निकलने देना और इसके लिए चाय-दूध वगैरह का इन्तजाम कर देना। बिल मैं समझ लूँगी।"

प्रयाग काफी झेंप गया था। उसने कोशिश की कि वह बहन को टोके, पर उसका चेहरा लाल होकर रह गया। बहन उन दोनों को इन्स्पेक्टरी निगाह से देखती हुई चली गयी।

प्रयाग ने कहा कि वे लोग चाहें तो पढ़ें या सोयें या कुछ भी करें, उसे कुछ नहीं चाहिए। उन्होंने कहा कि वे घूमने जायेंगे।

दरअसल वे कहीं घूमते नहीं थे, जाकर समुद्र के किनारे बैठ जाते थे।

पहले ने कहा, "आज खाना बनाने की तबियत नहीं, हम लोग ईरानी रेस्तरां में ऊसल-पाव खा लें।"

दूसरा बोला, "मुझे घर की याद आ रही है।"

पहला जब भी ऊसल-पाव की बात करता था, दूसरे को हमेशा घर याद आ जाता था। वैसे उसे पत्नी के अलावा घर का और कुछ याद नहीं आता था। समुद्र के किनारे बैठ कर पत्नी की बातें करना उसे पसन्द था। पहला भूखे की तरह मुँह फाड़े उसकी बातें सुनता।

उन दोनों ने अनुमान लगाना चाहा कि प्रयाग की बहन की शादी हो चुकी होगी या नहीं। दूसरे ने कहा, "इतनी खुरदुरी खाल वाली औरत की शादी कभी नहीं हो सकती।"

पहले ने दार्शनिक अन्दाज में कहा, "शादी हर औरत की हो सकती है, बशर्ते वह औरत हो।"

"उसकी त्योरियाँ देखकर मेरा मन हुआ कि पास जाकर उसके माथे की खाल खींचकर त्योरियां सीधी कर दूँ !" दूसरा वितृष्णा से बोल रहा था।

पहले ने विषयान्तर किया, "तुम्हारी पत्नी इस समय क्या कर रही होगी?"

दूसरे ने बताया कि इस समय वह धूप जलाकर पूजा किया करती है। उसे आज तक समझ नहीं आया कि उसकी पत्नी की पूजा इतनी लम्बी क्यों होती है! जिन दिनों वह गाँव में होता है, उसे यह पूजा जहर लगती है। बहुत बार ऐसे समय उसने पीछे से जाकर पत्नी को छेड़ दिया है, पर उस समय उसकी पत्नी मुस्करायी नहीं है, बल्कि उसने उसको घुड़क दिया है।

आवाज कुछ धीमी कर दूसरे ने बताया कि जिन दिनों वह घर जाता है, अपनी बीबी को वह एक मिनट के लिए नहीं छोड़ता है, वरन् दिन में भी बच्चों को बाहर धकेल कर मौका ढूँढ़ निकालता है। बाद में पत्नी को परेशानी होती है, क्योंकि बच्चे उन दिनों बेहद आवारा हो जाते हैं।

पहला इन बहुधा सुनी बातों को सुनता रहा और चमत्कृत होता रहा। उसने बताया, "मैं अब तक एक लड़की देखकर नामंजूर कर चुका हूँ और दसियों अभिभावकों के खत।"

'क्या वही लड़की, जो तुम कहते थे, पहले से ही औरत-सी लगती थी?'' दूसरे ने पूछा।

''हाँ, उसका बदन बड़ा लटका-लटका-सा था। उसे यह भी नहीं पता था कि बदन कसा रखने के लिए क्या पहनना चाहिए।''

''भेल खायें ?'' दूसरे ने पूछा। उसे पता था कि बताने के लिए पहले के पास खास बातें हैं ही नहीं।

भेल खाते हुए उन्हें महसूस हुआ कि वे काफी भूखे थे। उन्होंने पैसे बचाने के खयाल से चाय घर पर पीने की सोची।

''फिर प्रयाग भी सोने से पहले चाय पी लेगा,'' पहले ने सुझाया।

सोने से पहले, पहले को रोज की तरह महसूस हुआ कि दूसरा अपनी पत्नी को फिर याद कर रहा है।

''वह बिस्तर पर उन अनुभवों के साथ सोयेगा, जो उसे पत्नी के साथ-साथ हो चुके हैं,'' पहले ने सोचा और उसे ईर्ष्या हुई। फिर वह भी उसकी पत्नी के बारे में सोचने लगा। उसने पाया कि वह दिनों-दिन दूसरे की पत्नी के बारे में ज्यादा सोच रहा है और रात में यह खयाल उसके साथ अजीब-अजीब पार्टिसिपेशन करने लगता है।

''मुझे तब तक बर्दाश्त करना पड़ेगा जब तक मुझे कोई कमाने वाली लड़की नहीं मिल जाती।'' पहले ने स्वयं से कहा और सोने की कोशिश की।

प्रयाग की बहन सबेरे फिर आयी, थोड़ी देर को। पहले को मालूम होते हुए भी हैरानी हुई कि रात भर में न उसके पर्स का साइज घटा था, न उसके माथे की त्योरियाँ।

“यह इन्हीं त्योरियों के साथ सो गयी होगी।” पहले ने सोचा।

बहन के जाने के बाद दोनों जल्दी-जल्दी तैयार होकर दफ्तर के लिए चल पड़े। दिन भर के काम के दौरान पहले को कई बार प्रयाग की बहन का ध्यान आया। उसके पास सोचने को बहुत कम बातें होती थीं, पर फिर भी उसे ताज्जुब हुआ कि वह उसके बारे में कैसे सोच सकता है।

“क्यों, क्या वह अभी तक कुँवारी होगी?” पहले ने अपनी जिज्ञासा से तंग आकर दूसरे से पूछा। वह दूसरे को ऐसी बातों में विशेष अनुभवी मानता था।

दूसरा उस वक्त नये कार्डों पर ज़ोन नम्बर डाल रहा था। उसे पहले की बात देर में समझ आयी। उसे पहले के सवाल पर तरस आया, “अगर वह औरत है, तो अस्सी साल तक भी कुँवारी रहने में उसे कोई कोशिश नहीं करनी पड़ेगी।”

“सिगरेट है ?”

दूसरे ने पैकेट बढ़ा दिया।

शाम को वे लोग काफी देर में घर पहुँचे। उस वक्त प्रयाग को बुखार नहीं था और वह अखबार पढ़ने की कोशिश कर रहा था। उन लोगों ने जल्दी-जल्दी अपनी लुंगियाँ पहनीं और लेट गये।

पहले ने प्रयाग से पूछा, “तुम्हारी बहन आज नहीं आयी?”

प्रयाग ने कहा, “वह शायद सुबह आये।”

दूसरे ने माथे पर त्योरियाँ डालने की कोशिश की और पहले की ओर देखकर मुस्करा दिया।

पहला सोना चाहता था, पर उसे नींद नहीं आ रही थी। नींद बुलाने का एक नुस्खा दूसरे ने उसे एक बार बताया था। वह कहता था कि वैसी हालत में कोई छोटी-सी अश्लील बात सोच लो, सोचते-सोचते बात बड़ी हो जायेगी और उस अनुपात में नींद तुम्हें घेर लेगी। पहले ने कहना चाहा था कि वैसी बातें तो वह हर वक्त सोचता रहता है, पर इन बातों से उसे कभी नींद नहीं आयी। बल्कि वह फिर और भी देर तक जागता रहा है और प्रयाग के खुर्राटे सुनता रहा है। कि प्रयाग खुर्राटे लेता है, यह उसकी इन्हीं दिनों की खोज थी। जब उसने सुबह प्रयाग को बताया था, प्रयाग बेहद झेंप गया था। उसने हकलाते हुए कहा था, 'देखिए आपको भ्र....' और दूसरे ने उसके कन्धे पर हाथ मारते हुए कहा था, 'जाने दो यार, इसने कौन तुम्हारे तकिये के नीचे वात्स्यायन ग्रन्थ ढूँढ़ लिया !'

सबेरे प्रयाग की बहन आयी, अपने साथ डबल रोटी और मक्खन लेकर। दूसरे ने तनिक उत्साहित होते हुए कहा कि वह चाय बना लाये तो सब लोग इकट्ठे नाश्ता कर सकते हैं।

बहन ने त्योरियों के साथ कहा कि उसे नाश्ते-वाश्ते में कोई रुचि नहीं है और क्या वह सुबह के समय इसी भद्दी पोशाक में रहता है !

पहले को खुशी हुई कि वह आज जल्दी नहा लिया था और धोबी ने इस बार पतलून बहुत साफ धोयी थी। उसने कहा, 'चाय मैं बना लेता हूँ, यह तब तक नहा लेगा।'

दूसरा जब नहाकर आया, उसने देखा, उसकी कमीज से एक बटन गायब है। उसने कुछ देर सोचा, फिर वह आलमारी से एक पुराना ब्लेड निकाल लाया। उसने झाँककर देखा, पहला अभी रसोई में ही था दूसरे ने दरवाजे के पीछे कील पर टंगी पहले की कमीज में से अन्तिम बटन सावधानी से काट लिया और आलमारी में सुई ढूँढ़ने लगा।

पहले ने चाय के ग्लास मेज पर लगा दिये। बहन ने उसकी ओर डबलरोटी-मक्खन बढ़ाकर कहा, 'खाओ !'

पहला सकुचा गया, 'नहीं, मैं नाश्ते का आदी नहीं। आपके लिए टोस्ट बना दूँ?''

''नहीं।''

प्रयाग की बहन ने चाय एक घूँट पी कर रख दी थी।

काफी देर तक वे लोग ग्लास हाथ में लिये-लिये इन्तजार करते रहे।

आखिर दूसरे ने पूछा, 'आप शायद चाय भी नहीं पीतीं?'

'पीती हूँ, पर इतनी तीखी नहीं।' बदन ने कहा।

पहला हकबका गया, 'माफ कीजिए, मैं फिर बना लाता हूँ, मुझे पता नहीं था।'

'नहीं मुझे दफ्तर के लिए देर हो रही है। मैं जाऊँगी।' बहन इस तरह उठ खड़ी हुई कि उन लोगों को भी अपने-अपने ग्लास रखकर उठना पड़ा।

प्रयाग ने बहन से कहा, ''मैं अब बिल्कुल ठीक हो गया हूँ। मैं खुद आपके पास आऊँगा।'

'ठीक है।' बहन ने मुड़ते हुए कहा।

दरवाजे पर पहला ठिठका हुआ खड़ा था। उसने अटकते-अटकते कहा, 'मुझे अफसोस है, आप चाय नहीं पी सकीं, मुझे अच्छी चाय बनाना भी नहीं आता।'

बहन ने उस पर कोई ध्यान नहीं दिया। वह सीढ़ियाँ उतर रही थी।

◆◆◆

यह ज़रूरी नहीं

लोग अचानक उत्तेजित हो गए। लोग बहुत जल्द उत्तेजित हो जाते थे। पहले वे कंधे झुकाए प्रूफ देखते या ले-आऊट बनाते रहते। उनकी मुद्राओं से लगता जैसे उनके कपड़ों का कलफ निकाल दिया गया है। फिर अचानक वे कोई बात शुरू कर देते और बात धुएँ की तरह फैल जाती। उनके गाल किसी खास भंगिमा में फैले रहते, फिर वापस चौखटों में चले जाते।

हरि ने बताया, "पाक्षिक की उप-सम्पादिका की साप्ताहिक के सहसम्पादक से शादी होने वाली है।"

लोगों को धक्का लगा। उनकी सूचना के बाहर दफ्तर में जो हो जाता, उससे वे दुखी हो जाते। उन्हें यह भी दुख हुआ कि वे मासिक पत्र में काम करते हैं और दफ्तर में पार्टीशन इतने ऊँचे लगे हैं। उन्होंने हरि को ऐसे देखा जैसे वह इस साजिश में शामिल रहा हो।

हरि को इससे ज्यादा कुछ नहीं मालूम था। उसे संयुक्त राष्ट्र-दिवस पर लेख लिखना था और शाम को क्यू में खड़े होकर चर्च गेट से कुछ सामान लेना था। उसकी पत्नी ने सुबह ही उसे याद दिलाया था कि घर में चीनी बिल्कुल खत्म है।

हरि ने हॉल की एकरसता हटाने की कोशिश की थी। उसे पता था अब लोगों को तकलीफ होती रहेगी। वैसे वह झूठ बोल कर बात रोचक बना सकता था, पर दफ्तर के लोगों के बारे में उसने झूठ बोलना बन्द

कर दिया था। एक समय उसने अपने एक साथी के बारे में कह दिया था कि उसे बवासीर है और वह साथी नाराज़ हो गया था। हरि ने ऐसा इसलिए कहा था क्योंकि जब वे लोग भेल खा रहे होते तब वह नीबू का पानी पीता था। शायद हरि ने चाहा भी था कि उसे बवासीर हो जाए। उसका ख्याल था कि बवासीर तपेदिक से भी ज्यादा तकलीफ देह होती है।

घर पर हरि खूब झूठ बोलता था। उसकी बीवी अब और किसी तरह खुश रह भी नहीं सकती थी। बीवी को खुश रखना उसका मकसद नहीं था, पर वह अब अपनी बीवी की बदसूरती से घबराता था और गुस्से में वह बेहद बदसूरत हो जाती थी। झूठ वह पड़ोसियों से भी बोलता और धोबी से भी। वैसे उसे चकमा देना झूठ बोलने से ज्यादा पसंद था, क्योंकि चकमा चुप रहकर भी दिया जा सकता था। तीसरे दर्जे के पास से वह कई बार लोकल ट्रेन में फर्स्ट क्लास में यात्रा कर चुका था और कभी-कभी जब रात को उसकी पत्नी उसे सहलाने लगती, तब वह आँख बंद कर सोने का अभिनय कर लेता। फिर भी चकमे वह कम दे पाता था, क्योंकि चकमे मौके से सम्बद्ध थे।

लोग झूठ नहीं बोलते थे। सच भी नहीं। वे हमेशा ऊबते रहते थे। जिस दिन उनमें से किसी को भी डांट नहीं पड़ती थी, वे अपने को बहुत ताकतवर पाते थे—चुस्त। पर डांट पड़ने पर वे उल्टे पड़े तिलचट्टे की तरह लाचार हो जाते। उनके बहुत छोटे-छोटे भय थे; देर से दफ्तर पहुँचने का भय, देर से घर वापस आने का भय, दस रुपये का नोट भुनने का भय, इंकपेंसिल की रीफिल घिसने का भय, ब्लेडों का दाम बढ़ने का भय आदि। इन्हीं डरों को साथ लिए लिए वे लोकल गाड़ियों के डिब्बों में झूलते चले जाते। उनकी तनख्वाहें डैड-लाईन पर पहुँच जातीं, फिर भी वे रोज धुली हुई ताजी कमीज पहनना अफोर्ड नहीं कर पाते थे। साल-दर-साल लोग वैसे ही रहते आते, बस, उनके जूतों के चमड़े पर सिकुड़नें पड़ती जातीं और उनके रूमाल सफेद से मटमैले होते

जाते। उनके टिफिन-बॉक्स का रंग उतरता जाता और उनके क्लिप ढीले होते जाते। फिर वे लोग दफ्तर से ढेर से रबर के छल्ले ले जाते और उनकी पत्नियाँ टिफिन-बाक्स पर रबर के छल्ले लगा देतीं।

अपने मुख्य संपादक के बारे में वे बहुत कम जानते थे। वे उनकी क्रोध तथा प्रशंसा की मुद्राएँ ही जानते थे। पर उसके बारे में वे हमेशा अनुमान लगाते रहते। उन सब का विश्वास था कि उसकी पत्नी आयातित साड़ियाँ पहनती होगी, उसके घर रोज गोश्त बनता होगा, उसके बच्चे पब्लिक स्कूल में पढ़ते होंगे और वह अन्ननास का स्वाद पहचानता होगा।

हरि को इन लोगों की जिन्दगी से डर लगा था। पहले-पहल उसे इनकी नाराजी का डर लगा था। पर उसने पाया, नाराज होना इनका स्वभाव नहीं। वे रूठते थे और रूठ जाने पर अपना खाना अपनी ही मेज़ पर खोल कर खा लेते, बिना दूसरों का इंतजार किए। हरेक को खुश रखना वे अपना फर्ज समझते थे, उनकी गर्दनें स्वीकारात्मक मुद्रा में हिलती रहतीं, फिर मेजों पर रखी फाइलों पर लटक जातीं। दफ्तर में हुई छोटी-सी-छोटी घटना पर वे उत्तेजित हो जाते और चारों तरफ सूचना के लिए देखते। सूचना न मिलने पर वे उदास हो जाते। चपरासी से वे हमेशा अच्छे सम्बन्ध रखते, क्योंकि चपरासी सूचनाओं का विश्वस्त लिफाफा था।

हरि को चपरासी पसन्द था। चपरासी सारे साल सैंडविक की बरसाती चप्पलें पहनता और हरेक की बात समान रूप से अनसुनी करता। बल्कि हरि को अब लगने लगा था कि उसके विभाग में सिर्फ दो व्यक्ति प्रसन्न थे, चपरासी और मुख्य संपादक।

उदासी, दुःख और खुशी को हरि अब तक निजी स्थितियाँ समझता आया था, पर पत्रकार बनने के बाद उसे लगा कि ऐसा सिर्फ गैर-जरूरी लोगों के साथ होता है। जरूरी लोगों के उदास होने से सारा दफ्तर भयाक्रांत हो सकता है और उनकी सराहना पर्व की तरह मनाई जाती

है। उसे दफ्तर में अपना होना एक आलपीन से ज्यादा जरूरी कभी नहीं लगा पर उसने सुना कि उसके सहयोगी उससे जलते थे, क्योंकि वह पत्र के सांस्कृतिक पृष्ठ संभालता था। शुरू में वह भी खुश हुआ था। वह चाहता था कि वह निचुड़ी हुई सभ्यता, दिमागी पिलपिलेपन और दायरे में घूमते अर्थहीन संपर्कों के बारे में लिखे, पर अच्छा हुआ कि वह उल्लूपने में ऐसा नहीं कर बैठा। हर जगह कोई न कोई सम्बन्ध था। उसे बताया गया कि उसे त्योहारों पर लिखना है या राष्ट्र-दिवसों पर या मंत्रियों की यात्राओं पर।

शुरू में सब-कुछ मुश्किल लगा था, बर्दाश्त के बाहर। उसने लोगों से कहा कि वे अपने हक मुँह-जुबानी याद कर लें। लंच के समय उसने मुख्य संपादक को गालियाँ भी दी थीं, पर लोग डर गए थे, डर के मारे वे सिकुड़ गए और घिघियाने लगे कि वह सभ्यता से बर्ताव करे, वे हमेशा सभ्य रहे हैं और उन्हें अश्लीलता की आदत नहीं। धीरे-धीरे उसने पाया कि वह चीजें स्वयं बर्दाश्त करने लगा है, उसी तरह जिस तरह उसकी माँ ने अपना बदमिजाज पति और उसने स्वयं पत्नी के पीले दाँत और खुरदुरी हथेलियाँ बर्दाश्त की थीं। अब तो उसे खुरदरे हाथों की इतनी आदत हो गई थी कि जब पत्नी माँ के घर चली जाती, वह झाँवे से पीठ खुजाया करता। उसने सोच लिया कि दुनिया की बाकी सब औरतें लड़कियाँ हैं और वे पत्नी नहीं। वह सूअर की तरह संतुष्ट रहने लगा।

हरि नियमित होता गया था। यहाँ तक कि उसने हाशिए वाले कागजों पर लिखना शुरू कर दिया था। अब वह रोज-रोज कमीज नहीं धुलवाता था, वह बगलों में टैल्कम पाउडर भर लेता था। यही पाउडर उसकी पत्नी चेहरे पर लगाती थी और उसका बच्चा कैरम-बोर्ड पर छिड़क लेता। जिस दिन चपरासी या संपादक उससे खुश होते उसका मन कोकाकोला पीने को कुलबुलाता रहता। उसे खुशी थी कि आज कल दोनों ही खुश थे।

◆◆◆

बीमारी

टैक्सी की आवाज सुनते ही मैं समझ गई थी कि वे हैं। उन्होंने पैसे चुका कर सामान खींच कर नीचे डाला और ऊपर आए। भाई तथा पर्स और हैंडबैग से लदी दिखने वाली उसकी पत्नी। भाई ने अटैची मेज पर टिकाते हुए कहा, ''कैसी तबियत है? कोई नौकर होगा सामान लाने के लिए?'

मैंने कमरे में नजरें घुमाकर देखा, 'नौकर तो नहीं है। वैसे जीना बहुत चौड़ा और नीचा है।'

भाई जाने लगा। उसकी पत्नी मेरे माथे पर हाथ रखते हुए बोली– 'बड़ा लम्बा सफर है, रास्ते में तकलीफ भी बहुत हुई। तुम्हारे भाई तो कुछ करते नहीं न। मुसाफिरों से जगह भी मुझे माँगनी पड़ी।'

मैं मुसकराई।

भाई होल्डाल घसीट कर लाने में सफल हो गया था। उसने पत्नी से कहा, 'बस, वह बड़ा ट्रंक ही लाना रहा है न अब?'

उसकी पत्नी हड़बड़ा कर बोली–'उसमें किसी का हाथ न लगवाना, जैसे भी हो, धीरे-धीरे ले आओ।'

भाई परेशानी जताता हुआ फिर चल दिया।

उसकी पत्नी ने एक हाथ से ब्रेसियर की तनी कसते हुए पूछा, 'तुम ने पुराना मकान बदल क्यों लिया? कितनी दूर है यह स्टेशन से। टैक्सी ही टैक्सी में पैंतीस मिनट लगे हैं।'

मैंने कहा, "पहले मकान से ऑफिस पहुँचने के लिए मुझे बस में पचास मिनट लग जाते थे।'

'तुम्हें ट्रेन से आना-जाना चाहिए न !' उसने कहा।

जब से मैं लोकल ट्रेन से भीड़ में गिर पड़ी थी, मुझे ट्रेन से नफरत हो गई थी। वैसे भी मुझे लगता था कि तीस सेकेंड का समय गाड़ी में चढ़ने के लिए नाकाफी होता है और लोकल ट्रेन हर स्टेशन पर तीस सेकेंड खड़ी होती थी।

भाई मोटा काला ट्रंक लिए कमरे में आ गया था। मैं सोचती थी कि इस बार मुझे काफी बड़ा कमरा मिल गया है। पर भाई के सामान के बाद कमरे का फर्श एकदम ढक गया था। अब कमरे में सिर्फ पलंग, दो कुर्सियाँ और सामान नजर आ रहा था।

भाई ने बैठकर कहा, 'चाय का इन्तजाम तो है न?'

मैंने कहा, 'हाँ, हाँ, मेरे पास गैस भी है और बिजली की केतली भी।'

भाई की पत्नी बोली, 'तुम कैसे गुजारा करती थीं। कम से कम एक नौकर तो रखना चाहिए था।'

मैं चुप रही। उन्हें बताना मुश्किल था कि अकेली लड़की के घर नौकर के साथ क्या-क्या अफवाहें जुड़ जाती हैं। नौकरानियों से मेरी बहुत जल्द लड़ाई हो जाया करती थी। वे चोर होती थीं और झूठी।

आजकल सामने बनती एक बिल्डिंग का चौकीदार आकर चाय के बर्तन माँज जाया करता था और झाड़ू भी लगा देता था। इससे ज्यादा काम के लिए उसमें अक्ल नहीं थी। डॉक्टर ने अब तक दवा भी खुद मँगवा कर दी थी।

भाई की पत्नी अपना बदन संभालते हुए उठी और रसोई में पहुँची। मैंने भाई को आज का अखबार थमाकर आँखें बद कर लीं। मैं बातों से बहुत थक गई थी। मैं थोड़ी-सी बात करने से ही थक जाती और साँस तेज चलने लगती थी। बल्कि डॉक्टर को यह बात बार-बार कहकर मैंने इतना डरा दिया कि उसने मुझे कार्डियोग्राम कराने की सलाह दी। कार्डियोलॉजिस्ट की रिपोर्ट में ऐसा कुछ डिटेक्ट नहीं हुआ। पर मैं अस्पताल जाकर कार्डियोग्राम कराने में इतनी थक गई कि मुझे कई दिनों तक लगता रहा कि रिपोर्ट गलत है।

भाई की पत्नी रसोई से परेशान होती हुई आई और झुनझुनाते स्वर में उसने पति से कहा, ''मैं सारी रसोई ढूँढ़ चुकी हूँ न तो चीनी मिलती है, न चाय की पत्ती।'

मैंने कहा, 'सब चीजें पलंग के नीचे रखी हैं।'

'दूध भी?'

हाँ, उसका डिब्बा भी नीचे ही रखा है।'

वह फिर रसोई में घुस गई और थोड़ी देर में ट्रे लेकर आई। वह पलंग पर बैठती हुई बोली, 'लो भाई, बना लो अपनी-अपनी, मैं तो बहुत थक गई।'

भाई ने चाय के प्याले बना-बना कर थमाए।

मैंने कहा, 'मेरे बीमार होने से आपको बहुत तकलीफ हो रही है न। मेरा बदन बिल्कुल टूट चुका है, नही तो खुद उठती।'

भाई जल्दी-जल्दी बोला, 'नहीं-नहीं, यह तो सफर की थकान है, वरना दूसरों को तकलीफ देने की तो इसे जरा भी आदत नहीं।'

भाई ने रैक पर से मेरी एक्सरे की रिपोर्ट और ब्लड-यूरिन और स्टूल टैस्ट की रिपोर्टें उठा ली थीं।

मैंने कहा, 'कुछ रिपोर्टें आनी बाकी हैं। कोई लाने वाला नहीं था।' भाई ने कहा, 'सिर्फ यूरिन-रिपोर्ट में शिकायत है।'

उसकी बीवी ने पूछा, 'शक्कर तो नहीं है।'

भाई ने कहा, 'नहीं शक्कर नहीं है, 'पस' है।'

मैंने उसकी पत्नी से कहा, 'रसोई में डबल रोटी, मक्खन और जैम रखा है। आप चाहें तो ले सकती हैं।'

उसने कहा, 'अचार हो तो बता दो। मठरियाँ हैंडबैग में पड़ी हैं।'

मैंने कहा, 'मुझे खुद अचार खाए पाँच-एक साल हो गए हैं।'

उस दिन मैं सारे समय उसे खाना बनाते और परेशान होते देखती रही। मुझे सिर्फ यह अफसोस हो रहा था कि शादी के बाद से लेकर अब तक वह वैसी ही रही–वैसी ही बे-सलीका और बे-अक्ल। बल्कि भाई भी उसके साथ-साथ उसी अनुपात में बेवकूफ होता जा रहा था। वह उसके साथ रसोई में ऐसे लगा था जैसे पत्नी आपरेशन कर रही हो।

मेरी समझ में नहीं आ रहा था कि ये लोग मेरा क्या ख्याल रख पाएँगे। मुझे स्वयं पर गुस्सा आ रहा था। भावुकता के एक बचकाने क्षण में मैंने भाई को बहननुमा चिट्ठी लिख दी थी कि मैं कितनी बीमार

और कितनी अकेली हूँ। भाई ने लिखा था कि 'यह बहुत अच्छा हुआ कि इस साल मैंने अपनी कैजुअल खत्म नहीं कीं। हम लोग आ जाएँगे।'

भाई ने अगले दिन बाकी रिपोर्ट ला दीं। किडनी में इन्फेक्शन था जिसकी ऑपरेशन वाली स्थिति नहीं आई थी पर लम्बा इलाज चलना था। डॉक्टर ने दवाइयों और इंजेक्शनों की लम्बी फेहरिस्त लिख दी और बिस्तर पर रहने की ताकीद। डॉक्टर ने कहा कि जैसे-जैसे इन्फेक्शन दूर होगा, बुखार अपने आप हटता जाएगा।

भाई की बीबी ने पूछा, '99 के आगे तो नहीं बढ़ता बुखार।'

मैंने कहा, 'नहीं, पिछले 33 दिनों से 99 ही है।'

उसने कहा, 'तुम्हारे भाई कहते हैं कि 99 बुखार नहीं होता, हरारत होती है। हम तो इतने बुखार में घर पर खाना बनाते हैं, कपड़े धो लेते हैं।'

उसे कभी बुखार आ सकता है, यह कल्पना भी मुझे हास्यास्पद लगी। मैं जितनी भी बार बिस्तर से उठती, मुझे लगता कि कमरे का फर्श और नीचे चला गया है। मुझे आश्चर्य होता था कि कैसे बीमार होते ही मैं सबसे पहले चलना भूल गई।

भाई सुबह-शाम रसोई में पत्नी की मदद करता था। बीच के वक्त में उसे समझ नहीं आता था कि वह क्या करे। मैं उसे अखबार देती तो वह उसे पढ़ने के बजाय ओढ़ कर सो जाया करता, जैसे वह सिर्फ़ खाने और सोने के लिए ही इतनी दूर चल कर आया हो। मुझे विश्वास नहीं होता था कि इस आदमी ने कभी दफ्तर की फाइलें भी पढ़ी होंगी। एक दिन उन लोगों को मैंने घूमने भेजा था, वे लोग डेढ़ घण्टे के अन्दर फिर घर में थे। भाई ने बताया कि वे लोग स्टेशन से चार नम्बर बस में बैठ

गये थे और उसी बस में बैठे-बैठे वापस आ गये थे। उसकी पत्नी ने पूछा, 'क्या तुम्हारे दफ्तर के लोग तुम्हें देखने भी नहीं आ सकते?'

मैंने कहा, 'जो लोग मुझे जानते हैं, एक-एक बार आ चुके हैं।

उसने कहा, 'तुम्हारे भाई तो एक दिन की भी छुट्टी ले लें तो घर में दफ्तरवालों की भीड़ जमा हो जाती है।'

मैंने भाई के तरफ देखकर कहा, 'सरकारी दफ्तरों में लोग ऐसे मौके तलाशते ही रहते हैं।'

पर भाई विरोध के लिए उत्तेजित नहीं हुआ, उस पर पत्नी के हांफने के सिवा और किसी बात का असर नहीं होता था।

बीमारी के शुरू के दिनों में मुझे दफ्तर के पाँच लोग एक साथ देखने आ गए थे, पाँच आदमियों के बैठने की जगह कमरे में नहीं थी। वे सब विवाहित थे, इसलिए पलंग के किनारे बैठना उनके विचार में अनैतिक था। आखिर उन लोगों ने मेज से दवाइयों की शीशियाँ उठा कर मेज खाली की और दो आदमी उस पर पैर लटकाकर बैठ गए। वे सब दफ्तर से सीधे आ गये थे, अपना-अपना बैग और छाता उठाए। उन्हें बराबर चाय की तलब होती रही थी, जिसे वे कमरे की खूबसूरती की बातें कर-कर के टालते रहे थे। उन्होंने रेडियो चलाया था और डिसूजा रसोई से सबके लिए पानी लाया था। मुझे बराबर बुरा लगता रहा था कि उन लोगों ने मेरी बीमारी की बाबत पर्याप्त पूछताछ नहीं की। वे आपस में ही बातचीत करते रहे थे। बिस्तर पर पड़े-पड़े और डॉक्टर के नुस्खे ले-लेकर मुझे अपनी बीमारी खासी महत्वपूर्ण लगने लगी थी। मैं चाहती थी कि विस्तार से बताऊँ कि बीमारी कैसे शुरू हुई और इस बीमारी में सुधार की रफ्तार कितनी धीमी होती है, बावजूद

इसके कि अब तक 155 रुपये की दवाइयाँ आ चुकी हैं और 125 रुपये एक्सरे में लग गए।

भाई की छुट्टियाँ खत्म होने वाली थीं और वह हर बार डाक्टर से यह जान लेना चाहता था कि मैं पूरी तरह ठीक कब तक होऊँगी। वह मेरी बीमारी के प्रति काफी जिम्मेदारी महसूस कर रहा था। उसने कहा, 'अच्छा हो, तुम हमारे ही साथ अहमदाबाद चलो। वहाँ इसके साथ तुम्हारा मन भी लग जाएगा।' वह अपनी बीबी को हमेशा सर्वनाम से ही संबोधित करता था।

मैंने कहा, 'मन लगाना मेरे लिए कोई समस्या नहीं है। और सफर के लायक ताकत मेरे अन्दर है भी नहीं।'

वास्तव में मैं उसकी पत्नी के साथ मन लगाने के सुझाव से ही घबरा गई थी। मुझे यह भी पता था कि मेरी इस बीमारी को वह संदिग्ध समझ रही थी। उसके ख्याल में कुँआरेपन में किसी भी प्रकार का इन्फेक्शन होना, चाहे किडनी में सही, सरासर दुश्चरित्र होने की निशानी थी। एक दिन वह मुझे सोता समझ यह बात अपने पति से कह रही थी। भाई की अपनी समझ शायद ऐसे मौकों पर काम नहीं करती थी, वह चुप ही रहा करता था।

भाई को अचानक एक मौलिक विचार आया। उसने कहा, 'सुनो, ऐसी तकलीफ में अस्पताल अच्छा रहता है। बल्कि तुम्हें बहुत पहले अस्पताल चले जाना चाहिए था। यहाँ कोई टहल-फिक्र करने वाला भी तो नहीं है।'

मैंने कहा, 'हाँ, अस्पताल में काफी आराम मिलता है।'

भाई ऐसे कामों में खूब मुस्तैद था। उसने तीन घंटा बेतहाशा दौड़-धूप की और शाम को पसीना पोछते हुए सफल आदमी की तरह घर लौटा, उसकी पत्नी उसकी कामयाबी से प्रसन्न होकर फौरन चाय बनाने रसोई में चली गयी।

मैंने आलमारी से कुछ कपड़े और जरूरी चीजें निकालीं और भाई की पत्नी से कहा कि वह उन्हें अटैची में रख दे। भाई मेरे सारे डॉक्टरी कागज बटोर रहा था। बिस्तर पर लेटे-लेटे मैंने देखा कि उसकी पत्नी कपड़ों के बीच बैठी मेरी ब्रेसियर का नम्बर पढ़ने की कोशिश कर रही थी।

मैंने भाई से पूछा, 'तुम्हारे अपने पैसे तो नहीं लगे किसी चीज में!'

भाई ने झेंपते हुए अपनी जेब से पर्स निकाला और कई कागज उलट-पलट कर एक कागज मुझे थमा दिया। उनमें उन पैसों का हिसाब था, जो इधर-उधर मेरे सिलसिले में आने-जाने में खर्च हुए थे और जो फल मेरे लिए लाए गए थे।

मैंने भाई से कहा, 'कैश मैं अपने पास ही रख रही हूँ जरूरत पड़ सकती है। तुम चैक ले लोगे?'

उसकी पत्नी ने तुरन्त सिर हिला दिया, 'हाँ, हाँ,, बैंक में एकाउण्ट है इनका।'

मैंने एक चैक अस्पताल के नाम काट कर पर्स में रखा और एक भाई को थमाया। फिर मैं टैक्सी का इंतजार करने लगी।

◆◆◆

अपत्नी

हम लोग अंपने जूते समुद्र तट पर ही मैले कर चुके थे। जहाँ ऊँची-ऊँची सूखी रेत थी, उसमें चले थे और अब हरीश के जूतों की पॉलिश व मेरे पंजों पर लगी क्यूटेक्स धुंधली हो गयी थी। मेरी साड़ी की परतें भी इधर-उधर हो गयी थीं। मैंने हरीश से कहा, 'उन लोगों के घर फिर कभी चलेंगे।'

'हम कह चुके थे लेकिन !'

'मैंने आज भी वही साड़ी पहनी हुई है', मैंने बहाना बनाया। वैसे बात सच थी। ऐसा सिर्फ लापरवाही से हुआ था। और भी कई साड़ियाँ कलफ लगी रखी थीं पर मैं, पता नहीं कैसे, यही साड़ी पहन आई थी।

'तुम्हारे कहने से पहले मैं यह समझ गया था।' हरि ने कहा। उसे हर बात का पहले से ही भान हो जाता था, इससे बात आगे बढ़ाने का कोई मौका नहीं रहता। फिर हम लोग चुप-चुप चलते रहते, इधर-उधर के लोगों व समुद्र को देखते हुए। जब हम घर में होते, बहुत बातें करते और बेफिक्री से लेटे-लेटे ट्रांजिस्टर सुनते। पर पता नहीं क्यों बाहर आते ही हम नर्वस हो जाते। हरि बार-बार अपने जेब में झाँककर देख लेता कि पैसे अपनी जगह पर हैं कि नहीं, और मैं बार-बार याद करती रहती कि मैंने आलमारी में ताला ठीक से लगाया या नहीं।

हवा हमसे विपरीत बह रही थी। हरीश ने कहा, 'तुम्हारी चप्पलें कितनी गंदी लग रहीं हैं। तुम इन्हें धोती क्यों नहीं?'

'कोई बात नहीं, मैं इन्हें साड़ी में छिपा लूँगी।' मैंने कहा।

हम उन लोगों के घर के सामने आ गए थे। हमने सिर उठाकर देखा, उनके घर में रोशनी थी।

'उन्हें हमारा आना याद है।' मैंने कहा।

उन्हें दरवाजा खोलने में पाँच मिनिट लगे। हमेशा की तरह दरवाजा प्रबोध ने खोला। लीला लेटी हुई थी। उसने उठने की कोई कोशिश न करते हुए कहा, 'मुझे हवा तीखी लग रही थी।' उसने मुझे भी साथ लेटने के लिए आमंत्रित किया। मैंने कहा, 'मेरा मन नहीं है।' उसने बिस्तर से मेरी तरफ 'फिल्मफेयर' फेंका। मैंने लोक लिया।

हरि आँखें घुमा-घुमाकर अपने पुराने कमरे को देख रहा था। वह यहाँ बहुत दिनों बाद आया था। मैंने आने नहीं दिया था। जब भी उसने यहाँ आना चाहा था, मैंने बियर मँगा दी थी और बियर की शर्त पर मैं उसे किसी भी बात से रोक सकती थी। मुझे लगता था कि हरि इन लोगों से ज्यादा मिला तो बिगड़ जाएगा। शादी से पहले वह यहीं रहता था। प्रबोध ने शादी के बाद हमसे कहा था कि हम सब साथ रह सकते हैं। एक पलँग पर वे और एक पर हम सो जाया करेंगे, पर मैं घबरा गयी थी। एक ही कमरे में ऐसे रहना मुझे मंजूर नहीं था, चाहे उससे हमारे खर्च में काफी फर्क पड़ता। मैं दूसरों की उपस्थिति में पाँव भी ऊपर समेट कर नहीं बैठ सकती थी। मैंने हरि से कहा था, मैं जल्दी नौकरी ढूँढ़ लूँगी, वह अलग मकान ही तलाश करे।

प्रबोध ने बताया, उसने बाथरूम में गीज़र लगवाया है। हरीश ने मेरी तरफ उत्साह से देखा, 'चलो देखें।

हम लोग प्रबोध के पीछे-पीछे बाथरूम में चले गये। उसने खोलकर बताया। फिर उसने वह 'पैग' दिखाया जहाँ तौलिया सिर्फ खोंस देने से ही लटक जाता था। हरीश बच्चों की तरह खुश हो गया।

जब हम लौटकर आये, लीला उठ चुकी थी और ब्लाउज के बटन लगा रही थी। जल्दी-जल्दी में हुक अंदर नहीं जा रहे थे। मैंने अपने पीछे आते हरि और प्रबोध को रोक दिया।

बटन लगाकर लीला ने कहा, 'आने दो, साड़ी तो मैं इन लोगों के सामने भी पहन सकती हूँ।'

वे लोग अंदर आ गये।

प्रबोध बता रहा था, उसने दो नये सूट सिलवाये हैं और मखमल का 'क्विल्ट' खरीदा है जो लीला ने अभी निकालने नहीं दिया है। लीला को शीशे के सामने इतने इत्मीनान से साड़ी बाँधते देख मुझे बुरा लग रहा था। और हरि था कि प्रबोध की नई माचिस की डिबिया भी देखना चाहता था। वह देखता और खुश हो जाता जैसे प्रबोध ने उसे सब भेंट में दे दी हो।

लीला हमारे सामने की कुरसी पर बैठ गई। वह हमेशा पैर चौड़े करके बैठती थी, हालांकि उसके एक भी बच्चा नहीं हुआ था। उसके चेहरे की बेफिक्री मुझे नापसंद थी। उसे बेफिक्र होने का कोई हक नहीं था। अभी तो पहली पत्नी से प्रबोध को तलाक भी नहीं मिला था। और फिर प्रबोध को दूसरी शादी की कोई जल्दी भी नहीं थी। मेरी समझ में लड़की को चिंतित होने के लिए यह पर्याप्त कारण था।

उसे घर में कोई दिलचस्पी नहीं थी। उसने कभी अपने यहाँ आने वालों से नहीं पूछा कि वे क्या पीना चाहेंगे। वह तो बस सोफे पर पाँव चौड़े कर बैठ जाती थी।

हर बार प्रबोध ही रसोई में जाकर नौकर को हिदायत देता था। इसलिए बहुत बार जब हम चाय की आशा करते होते थे, हमारे आगे अचानक लेमन-स्क्वैश आ जाता था। नौकर स्क्वैश अच्छा बनाने की गर्ज से कम पानी और ज्यादा 'सिरप' डाल लाता था। मैं इसलिए 'स्क्वैश' खत्म करते ही मुँह में जिन्तान की एक गोली डाल लेती।

प्रबोध ने मुझसे पूछा, 'कहीं एप्लाय कर रखा है?'

'नहीं !' मैंने कहा।

'ऐसे तुम्हें कभी नौकरी नहीं मिलेगी। तुम 'भवन' वालों का डिप्लोमा कर लो और लीला की तरह काम शुरू करो।

मैं चुप रही। आगे पढ़ने का मेरा कोई इरादा नहीं था। बल्कि मैंने तो बी0 ए0 भी रो-रोकर किया। नौकरी करना मुझे पसन्द नहीं था। वह तो मैं हरि को खुश करने के लिए कह देती थी कि उसके दफ्तर जाते ही मैं रोज 'आवश्यकता है' कॉलम ध्यान से पढ़ती हूँ और नौकरी करना मुझे थ्रिलिंग लगेगा।

फिर जो काम लीला करती थी उसके बारे में मुझे शुबहा था। उसने कभी अपने मुँह से नहीं बताया कि वह क्या करती थी। हरि के अनुसार, ज्यादा बोलना उसकी आदत नहीं थी। पर मैंने आज तक किसी वर्किंग गर्ल को इतना चुप नहीं देखा था।

प्रबोध ने मुझे कुरेद दिया था। मैंने भी कुरेदने की गर्ज से कहा, 'सूट क्या शादी के लिए सिलवाये हैं?'

प्रबोध बिना झेंपे बोला; शादी में जरीदार अचकन पहनूँगा और 'सन एण्ड सैंड' में दावत दूँगा जिसमें सभी फिल्मी हस्तियाँ और शहर के व्यवसायी आएँगे। लीला उस दिन इंपोर्टेड विग लगायेगी और रूबीज पहनेगी।"

लीला विग लगाकर, चौड़ी टाँगें करके बैठेगी—यह सोचकर मुझे हँसी आ गई। मैंने कहा, 'शादी तुम लोग रिटायरमेंट के बाद करोगे क्या?'

लीला अब तक सुस्त हो चुकी थी। मुझे खुशी हुई। जब हम आये थे, उसे डनलप के बिस्तर में दुबके देख मुझे ईर्ष्या हुई थी। इतनी साधारण लड़की ने प्रबोध को बाँध रखा था, यह देखकर आश्चर्य होता था। उसकी साधारणता की बात मैं अक्सर हरि से करती थी। हरि कहता था कि लीला प्रबोध से भी अच्छा आदमी डिजर्व करती थी। फिर हमारी लड़ाई हो जाया करती थी। मुझे प्रबोध से कुछ लेना-देना नहीं था। शायद अपने नितान्त अकेले और ऊबे क्षणों में भी मैं प्रबोध को ढील न देती पर फिर भी मुझे चिढ़ होती थी कि उसकी पसंद इतनी सामान्य है। प्रबोध ने मेरी ओर ध्यान से देखा, 'तुम लोग सावधान रहते हो न अब?'

मुझे सवाल अखरा। एक बार प्रबोध के डॉक्टर से मदद लेने से ही उसे यह हक महसूस हो, मैं यह नहीं चाहती थी। और हरीश था कि उसकी बात का विरोध करता ही नहीं था।

प्रबोध ने कहा, 'आजकल उस डाक्टर ने रेट बढ़ा दिए हैं। पिछले हफ्ते हमें डेढ़ हजार देना पड़ा।'

लीला ने सकुचाकर, एक मिनट के लिए घुटने आपस में जोड़ लिये।

'कैसी अजीब बात है! महीनों सावधान रहो और एक दिन के आलस से डेढ़ हजार रुपये निकल जाएँ।' प्रबोध बोला।

हरि मुस्करा दिया। उसने लीला से कहा, 'आप लेटिए, आपको कमजोरी महसूस होती होगी।'

'नहीं।' लीला ने सिर हिलाया।

मेरा मूड खराब हो गया। एक तो प्रबोध का ऐसी बात शुरू करना ही बदतमीजी थी, ऊपर से इस संदर्भ में हरि का लीला से सहानुभूति दिखाना तो बिल्कुल नागवार था। हमारी बात और थी। हमारी शादी हो चुकी थी। बल्कि जब हमें जरूरत पड़ी थी तो मुझे सबसे पहले लीला का ध्यान आया था। मैंने हरि से कहा था, 'चलो, लीला से पूछें। उसे ऐसे ठिकाने का जरूर पता होगा।'

लीला मेरी तरफ देख रही थी। मैंने भी उसकी ओर देखते हुए कहा, 'तुम तो कहती थीं, तुमने मंगल-सूत्र बनाने का आर्डर दिया है।'

'हाँ, वह तो कब का आ गया। दिखाऊँ?' लीला आलमारी की तरफ बढ़ गई।

प्रबोध ने कहा, 'हमने एक नया और आसान तरीका ढूँढ़ा है। लीला जरा इन्हें वह पैकेट भी दिखाना।'

मुझे अब गुस्सा आ रहा था। प्रबोध कितना अक्खड़ है–यह मुझे पता था। इसीलिए मैं हरि को इन लोगों से बचाकर रखना चाहती थी।

हरि जिज्ञासावश उसी ओर देख रहा था जहाँ लीला आलमारी में पैकेट ढूँढ़ रही थी।

मैंने कहा, 'रहने दो, मैंने देखा है।'

प्रबोध ने कहा, 'बस, ध्यान देने की बात यह है कि एक भी दिन भूलना नहीं चाहिए, नहीं तो सारा कोर्स डिस्टर्ब हो जाता है। नौकर शाम को जब चाय लाता है, मैं तो तभी गोली ट्रे में रख देता हूँ।'

लीला आलमारी में से सिर्फ मंगल-सूत्र लेकर वापस आ गयी थी। बोली, 'कभी किसी दोस्त के घर इनके साथ जाती हूँ तो पहन लेती हूँ।'

मैंने कहा, 'रोज तो तुम पहन भी नहीं सकती ना....कोई मुश्किल खड़ी हो सकती है।'

कुछ ठहर कर मैंने सहानुभूति से पूछा, 'अब तो वह प्रबोध को नहीं मिलती?'

लीला ने कहा, 'नहीं मिलती।'

उसने मंगल-सूत्र मेज पर रख दिया।

प्रबोध की पहली पत्नी इसी समुद्र लगी सड़क के दूसरे मोड़ पर अपने चाचा के यहाँ रहती थी। हरि ने मुझे बताया था, शुरू-शुरू में जब वह प्रबोध के साथ समुद्र पर घूमने जाता था, उसकी पहली पत्नी अपने चाचा के घर की बालकनी में खड़ी रहती थी और प्रबोध को देखते ही होठों को दाँतों में दबा लेती थी। फिर बालकनी की ही दीवार से लगकर बाँहों में सिर छिपा रोने लगती थी। जल्दी ही उन लोगों ने उस तरफ जाना छोड़ दिया था।

प्रबोध ने बात का आखिरी टुकड़ा शायद सुना हो क्योंकि उसने हमारी ओर देखकर कहा, 'गोली मारो मनहूसों को ! इस समय हम दुनिया के सबसे दिलचस्प विषय पर बात कर रहे हैं। क्यों हरि, तुम्हें यह तरीका पसन्द आया ?'

हरि ने कहा, 'पर यह तो बहुत भुलक्कड़ है। इसे तो रात को दाँत साफ करना भी याद नहीं रहता।'

मैं कुछ आश्वस्त हुई। हरि ने बातों को 'ओवन' से निकाल लिया था। मैंने खुश होकर कहा, 'पता नहीं, मेरी याददाश्त को शादी के बाद क्या हो गया है? अगर ये न हों तो मुझे तो चप्पल पहनना भी भूल जाये।'

हरि ने अचकचाकर मेरे पैरों की तरफ देखा। वादे के बावजूद मैं पाँव छिपाना भूल गयी थी।

उठते हुए मैंने प्रबोध से कहा, 'हम लोग बरट्रोली जा रहे हैं। आज स्पेशल सेशन है तुम चलोगे?'

प्रबोध ने लीला की तरफ़ देखा और कहा, 'नहीं, अभी इसे नाचने में तकलीफ होगी।'

◆◆◆

छुटकारा

मेरी समझ में नहीं आ रहा था मैं क्या बात करूँ। मैंने अपने नाखूनों का विस्तार से निरीक्षण शुरू कर दिया। बढ़े हुए नाखून बत्रा का खून उबालने के लिए पर्याप्त कारण रहे हैं। वह निगाह टमाटर के रस पर जमाये रहा। मेरे मुँह के एकदम सामने पेडेस्टल पंखा चल रहा था और मेरे छोटे-छोटे बाल बराबर बगावत कर रहे थे। यह वैन्गार्ज की विशेषता थी कि विश्वविद्यालय वाली उसकी शाखा में कुर्सियाँ हमेशा टूटी, मेजें लँगड़ी और पंखे शरारती होते थे। गर्मियों की छुट्टियों में एक खास छात्र वर्ग की भीड़ होती, जो एम0 ए0 प्रीवियस के बाद फाइनल का घोखना तीस अप्रैल से ही शुरू करने में विश्वास रखती या जिन्हें और कहीं मिलने-मिलाने की सुविधा न होती, शायद लड़की के माँ बाप अतिरिक्त अनुशासनप्रिय और लड़के के साथ उसके कमरे में कोई पार्टनर।

मुझे बत्रा के साथ यहाँ आना अजीब लगा था। पहले नहीं लगता था। अब इन दोनों वर्गों से हम बाहर थे। पिछले दिनों मेरे अनुसार हम पहली श्रेणी और उसके अनुसार दूसरी श्रेणी के छात्रों में गिने जाते थे।

बत्रा ने तीसरी बार वही पूछा, 'और क्या किया वहाँ !' मुझे लगा मैं बेवजह पुलिस-इंस्पेक्टर के दफ्तर में बैठा दी गयी हूँ।

'देखो, मई भर हम पढ़ते रहे, जून भर लिखते और आधी जुलाई में तो बस यहाँ जाओ, वहाँ जाओ, दम मारने की फुर्सत नहीं मिली। तुम्हें जवाब तक नहीं दे पायी। रोज सोचती रही, फिर सोचा ट्रंक-कॉल ही

करूँगी। सच तीन दिनों तक लगातार कोशिश की, तुम्हारा टेलिफोन ही खराब पड़ा था।'

'क्या-क्या पढ़ लिया?'

'तुमने बड़ी तारीफ मारी थी आयनेस्को की। उसका 'एमिडे' बिल्कुल बकवास लगा। फिर नीग्रो कविताएँ पढ़ती रही, सच इतनी पुरअसर हैं तुम्हें, दूँगी।

'और?'

मेरी कैजुएलनैस चटखकर टूट गयी। बत्रा की आवाज में कोई फर्क नहीं था। वही ज्यादा जागे रहने की तत्परता, पर उसके वाक्य मिलकर बातचीत नहीं बन रहे थे, वे कड़े लग रहे थे।

'ऐसे क्यों बोल रहे हो?'

'मैं क्या कह रहा था, दिल्ली में इस बार बहुत धूल उड़ी। सुबह उड़नी शुरू होती और रात तक उड़ती रहती। कभी-कभी हम लोग आश्चर्य करते, इतनी धूल आई कहाँ से। तुमने पीली धूल देखी है कभी, एकदम पीली !'

मुझे चिढ़ाया जा रहा था। मुझे कोई चिढ़ाये तो मैं एकदम चिढ़ जाती हूँ।

पिछले साल लायब्रेरी से हम चार बजे चाय के लिए उठते थे। मेरे दिमाग में मिल्टन या हार्डी घूमता रहता और मैं भूल जाती थी कि चाय का समय रिफ्रेश होने का समय है। दो एक विषय आजमाने के बाद बत्रा मिल्टन पर ऐसे धाराप्रवाह बोलता कि मैं कानों पर हाथ रख लेती थी। एक बार सिर्फ 'प्रेजेण्ट' कहने पर एक प्रोफेसर के आपत्ति करने पर बत्रा उस क्लास में 'सर प्रेजेण्ट सर' कहने लगा था।

मैंने बत्रा को भरसक ठंडेपन से याद दिलाया कि धूल में मेरी रुचि कभी नहीं थी।

बत्रा कुछ कहते-कहते रुक गया और हँस पड़ा, 'क्या हम हेनरी जेम्स पर बात करें?'

मैं चुप हो गयी। मैं घर जाना चाहती थी। असल में मैं आना ही नहीं चाहती थी। चलते हुए मुझे यही महसूस हो रहा था। फोन पर बत्रा को समय देते हुए मुझे लगा था जैसे मैं शून्य में शून्य से समय नियत कर रही हूँ।

मैं वहाँ किसी से न मिलने का कोई अनुबंध नहीं कर आई थी, ऐसे वायदों वाली कोई साँझ नहीं बीती थी, आखिरी भी नहीं। पर मिलने-जुलने से मुझे विरक्ति होती जा रही थी। बिना उल्लास के किसी से मिलना ऐसे लगता जैसे बिना नमक के खाना।

इस समय हम दोनों के गिलास खाली थे और हम थोड़ी-थोड़ी देर में खाली गिलास मुँह से लगाकर बर्फ के टुकड़ों का गीलापन महसूस कर लेते।

बत्रा ने छठी सिगरेट जलायी, 'तुम चश्मा उतार कर बहुत छोटी लगती हो !'

मैं यह सुनने के लिए तैयार नहीं थी या शायद यह वाक्य एक दोहराहट थी। कहीं से आयी इसकी पहली अभिव्यक्ति कॉम्प्लिमेंट थी, यह दूसरी, कमेंट। यह परिवर्तन सबने गौर किया था। माँ को मैने यह कहकर संतुष्ट कर दिया था कि आँखें अब ठीक हो गयी हैं। परिचितों को पहली बार पता चला था कि मेरे चेहरे पर आँखें भी थीं। वैन्गर्ज़ में आकर बैठने को झुकी ही थी कि मैंने बत्रा की निगाहों में बैरोमीटर देख लिया। इसके लिए तैयार होते हुए भी मैं तैयार नहीं थी।

बत्रा को मैं स्वस्थ दिखी। मुझे पता था, तीन महीने में दस पौंड अतिरिक्त वजन देह पर सही जगहों पर स्पष्ट हो जाता है पर संकोच के मारे मैं झूठ बोल गयी।

'चण्डीगढ़ वाली बहन जी आयी हुईं हैं।' बत्रा ने बताया।

'अच्छा', मैं आगे बोल नहीं पायी।

बत्रा की आँखों में एक पैनापन था, जिसकी वजह से मैं कभी उससे बहुत सारे झूठ एक साथ नहीं बोल पायी। वह कहता कुछ नहीं था। उसके होठ हँसते रहते और आँखें निरीक्षण करती रहतीं। एक बार वह नाराज था कि मैं ओडियन समय पर क्यों नहीं पहुँची। दरअसल मुझे घर से निकलने में देर हो गयी थी और स्कूटर मिल नहीं पाया। टैक्सी लेने लायक उदारता मुझमें कम ही आती है, इसलिए बस से पहुँची थी— पैंतालीस मिनट देर से। मैंने कहा, 'मैं सो गयी थी और देर से उठी।' बत्रा चुप खड़ा रहा था। मैंने और जोर लगाकर बताया कि रात मैं बिल्कुल सो नहीं पायी थी और अगर दिन में भी न सोती तो अवश्य क्रैश कर जाती, मैंने नींद की गोली भी ली थी।

बत्रा ने बड़े आकर्षक तरीके से समझाया था, 'झूठ खुद-ब-खुद होठों से निकलना चाहिए। इतनी शक्ति सच बोलने में लगाया करो।'

मैं बत्रा के सामने ज्यादा देर चुप नहीं रहना चाह रही थी। कुछ लोगों की चुप्पी कोरी होती है, उन्हें पकड़े जाने का डर नहीं होता। मेरे चुप रहने पर मेरा मन मेरे चेहरे पर उभर आता था। किन्हीं कामों को मैं जबरदस्ती 'हाँ' भी कर देती तो घर पर कभी कोई मुझसे करवाता नहीं था। बत्रा के अनुसार मेरे चेहरे पर 'न' बड़ी जल्दी और बड़ा स्पष्ट लिख जाता था।

मैं बत्रा को हमेशा सात सिगरेटों के बाद रोक देती थी। अधिकतर तब हम फिर कॉफी या टोमाटो जूस मंगाते थे। बत्रा को आठवीं सिगरेट जलाते देख मुझे खुशी हुई। सिर्फ दोहराने के लिए दोहराना ऐसा हो जाता है जैसे पहाड़े रट रहे हों।

बत्रा इंतजार कर रहा था।

मैं भी इंतजार कर रही थी।

मैं जानती थी, वह स्वयं नहीं कहेगा। उसने कभी किसी से कुछ नहीं माँगा। जब उसने फोन किया था तब जरूर मुझे महसूस हुआ था कि वह एक माँग के रूप में आज का समय चाह रहा है। मैंने अपने

आपको इसके विरुद्ध तैयार कर लिया था। यही एक शर्त थी, जिसे मन में रखकर मैं यहाँ आ गयी थी। पहले कुछ मिनटों में मुझे बत्रा जाँच-पड़ताल विभाग का अधिकारी लगा था पर फिर मैंने पाया हम दोनों हर बार उस 'माँग' को उलांककर जा रहे थे और अपने आप में और उद्विग्न हो गए थे। यह अजीब था, पर अब मैं घर वापस भी नहीं जाना चाह रही थी। बत्रा के साथ दिन के समय बैठना थोड़ा अजीब था पर गलत नहीं। मुझे अपना वहाँ होना अनुचित नहीं लगा था। बत्रा के साथ अनुचित कुछ नहीं था। मुझे आज तक उसके साथ 'बचाव' वाली पद्धति की शरण नहीं लेनी पड़ी थी। मेरे मन में इस वक्त एक ईमानदार आकांक्षा थी। हमने अपने बीच सुस्ती के क्षण बहुत कम बिताये थे। मैं बत्रा को वैसे ही 'ग्रिन' करते देखना चाह रही थी, पर मुझे एक भी ऐसी बात नहीं सूझ रही थी जिससे मैं उसे हँसा सकूँ। हमारे दोस्त कहा करते थे कि हमारी दोस्ती इसलिए है क्योंकि हमारे दाँत एक-से सुन्दर हैं और हँसते हुए हम दोनों होड़ लेते रहते हैं। मेरा बहुत मन था कि मैं बत्रा को खुश देख सकूँ, वह मेरे सामने वैसे ही पाँव फैला कर बैठ ले और सिगरेट के धुएँ में से अजीबोगरीब बातें ईजाद करे। धुआँ आज गंभीर था।

मेरा मन दुखी हो गया। बत्रा इस समय खाली लग रहा था, दायें-बायें, अगल-बगल। पहले तो वह होता था और होतीं बेशुमार खबरें, अफवाहें, लतीफे, वाक्यांश, हँसी और तेवर।

खाली गिलास में सिगरेट की राख झाड़ता, वह बीता हुआ कल था। हम साथ नहीं बैठे थे सिर्फ बत्रा यहाँ बैठा था। उसे पता था मैं वहाँ नहीं थी और मेरी आँखों का फोकस हजारों मील दूर था। पर मैं बत्रा को हल्का महसूस करते देखना चाहती थी। मैं चाहती थी, वह ऐसे अकेला न हो, पर उसके लिए मैं कुछ कर नहीं सकती थी। किसी के अकेलेपन का मर्म समझ कर भी उसे बाँट न सक पाना करुण होता है। इतना गीलापन हमारे स्वभावों के विपरीत था।

'बहनजी आयी हुई हैं, मैंने बताया न।'

'हाँ', इस बार भी मैं कह नहीं पायी।

बहनजी के आने पर मैं रोज लाजपत नगर जाती थी। बत्रा को वापसी में स्कूटर चलाना हमेशा अच्छा लगता था।

बत्रा ने कहा नहीं, 'चलें।' उठकर खड़ा हो गया, माचिस समेटी, सिगरेट की डिबिया पिचका कर गिलास में फँसायी और मेरे साथ निकल आया।

बिना सिगरेट के पूरे होंठों से उसने 'बा-य' कहा तो मैं गेट की ओर मुड़ गयी। वह लायब्रेरी वाली छोटी सड़क पर पहुँच गया था। अभी शाम बाकी थी। लायब्रेरी में बैठने वाले सभी विद्यार्थी अभी बाहर टहल रहे थे। हमने एक दूसरे की ओर दूर से खुलकर देखा। गहरी शाम में बत्रा की क्रीम रंग की बुश्शर्ट सफेद नजर आ रही थी। उसका कद दूर से औसत से कम लग रहा था। वैगर्ज में उसके शरीर में एक कड़ापन था, वह अब ढीला हो आया था। दिन और रात के इस गाढ़े संधिस्थल में हमें एक दूसरे की चाल ऐसी लगी जैसे डाक बाँट लेने के बाद खाली थैला हिलाते डाकिये की।

◆◆◆

उसी शहर में

वही सीढ़ियाँ थीं, लकड़ी की; पहली सीढ़ी के पास टीन का लैटरबक्स।

उतरने के पहले हम सम्भल लेते थे और आहिस्ता-आहिस्ता पाँव रखते नीचे आते थे। माँ की नींद इतनी कच्ची क्यों थी, हमारी समझ में कभी नहीं आया। वे सो जाती थीं, तो हम घड़े में से पानी भी निकाल कर नहीं पी सकते थे। माँ कहती थीं, जब वे सो रही हों, हमें पढ़ना चाहिए। चुपचाप।

पहले मैं नीचे से आवाज देने वाली थी, पर मुझे लगा दोपहर में पुकारना ठीक नहीं है, ऊपर जाकर देखना बेहतर है कि सब सोये हैं या कोई जगा हुआ है।

उसका कमरा खुला ही था और वह कुर्सी पर आँख बन्द किए, सिर मेज पर टिकाए था। इन्तजार करने का यह उसका प्रिय ढंग था। मैंने एक बार शिकायत की थी, तो उसने कहा था, 'और क्या लड़कियों की तरह खिड़की के पास खड़ा मिलूँ?'

पता नहीं क्यों मैंने सोचा था, वह कहीं और मिलेगा, अन्दर वाले कमरे में या बालकनी में चिक डाले। वह वहीं था।

मैंने सुबह से टाला था, घड़ी देखी थी, फिर लेट गई थी। रेडियो चला कर काफी देर सोई और ममी के बहुत कहने पर नहाने का मूड

बनाया था। वहाँ से मैं सोचकर चली थी कि यहाँ फुर्सत होगी ! ममी के जमाने में वह ऐश थी कि बस कॉलेज, कमरा और पलंग। पर यहाँ दूसरे दिन से ही मन नहीं लग रहा था। घर में कोई नहीं था। ममी सुबह ही पीछे क्यारियों में निकल जातीं और दस बजे तक खुरपी हाथ में उठाये, इस क्यारी से उस क्यारी में घूमती रहतीं उनका दिन ऐसे बीतता कि रात लेटते समय वे कहतीं, 'समय के तो पहिये लगे पड़े हैं आजकल।'

कोटा की साड़ी फूल रही थी। मैंने पछा, 'ममी, हम मोटे तो नहीं लग रहे?'

ममी मुस्करा दीं, शुक्र मना, याद नहीं दो-दो पेटीकोट पहनकर साड़ी बाँधा करती थीं।'

शादी के बाद शरीर से हल्कापन निकल गया था। चाल भी धीमी हो गयी थी, नहीं तो कॉलेज में, 'फ्रण्टियर मेल' के नाम से खासी मशहूर थी। खाने के समय ममी ने पूछा, 'वहाँ नहीं जाएगी?'

मन एकदम सहज हो गया। जैसे ममी के कहने भर की देर थी। आज पहली बार वहाँ के लिए मैं किताब और साइकिल लेकर नहीं निकली थी।

मैंने उसे छूकर उठाया। बिना चौंके उसने आँखे खोल दी।

'मैं हूँ।'

'मुझे पता था, तुम आई हुई हो।'

'मिलने क्यों नहीं आए फिर ?'

'तीन ही दिन तो हुए हैं तुम्हें, मैं आने वाला था।'

वह पाजामे और बनियान में था। उसने कील से उतार कर कमीज पहनी।

'माँ?'

'सो रही हैं।' उसने कहा और हम दोनों हँस पड़े।

'इसका मतलब, पानी नहीं पिलाओगे।'

'मेरे कमरे में सुराही है।'

उसके पास गिलास नहीं था। वह सुराही गर्दन से उठा बाहर ले आया, मैंने ओक लगाकर पानी पिया और ठण्डा-ठण्डा गीला हाथ मुँह पर फेर, रूमाल से पोंछा।

'तुम क्या कर रहे हो अब ?'

'कुछ नहीं, वही।'

और विश्व?'

'वह भी, वही।'

'क्यों तुम सोचती हो, छह महीने में दुनिया पलट जाती है। एक साल बाद भी पूछोगी, तो मैं यही करता होऊँगा। एल0 एल0 बी0 में दो साल लगते हैं जनाब !'

मुझे शर्म-सी आई। पता नहीं क्यों, मैं सोच रही थी, कोई बड़ा-सा परिवर्तन यहाँ मिलेगा। पर सब वैसे ही था। उसके पैरों में स्लीपर भी वही थे।

'तुम्हारी पढ़ाई?' उसने पूछा।

'अब क्या अगले साल देखी जाएगी?'

'कहाँ, यहीं से ?

'न, मैंने युनिवर्सिटी बदलने की अनुमति माँगी है। इतनी दूर बार-बार आना आसान नहीं। फिर यहाँ आकर भी पढ़ाई ही करनी हो, तो फुर्सत-सी महसूस नहीं होती।'

उसने मेज पर पड़ी एक पत्रिका उठाकर एक दूसरी पत्रिका पर रख दी।

'मैं साइकिल पर नहीं आई।'

'मुझे पता है।'

मैं सीधी और कड़ी पीठ वाली कुर्सी पर बैठ गई। जब मैं पढ़ने आती थी, थोड़ी देर बाद कुर्सी बदल लेती थी उधर मेज के पास बैठने का एक और फायदा था। नीचे आँगन में बैठने वाला दर्जी नजर नहीं आता था। और दिखाई न देने पर मशीन की आवाज भी कम सुनाई देती थी। फिर नींद आने पर ऊँघने के लिए मेज सुविधाजनक थी।

'मैं चाय के लिए कह आता हूँ।' वह उठकर चला गया।

चाय लाने वाला लड़का कोई और था। लड़का जल्दी में था। उस वाले लड़के के बारे में मैंने पूछा, तो उसने 'पता नहीं' कहकर जल्दी से टाल दिया। नारायण ने ड्राअर से रूमाल निकाल कर मुझे दिया। गहरे स्लेटी रंग के रूमाल में लपेट कर मैंने गिलास मुँह से लगा लिया।

मेरे दिए हुए सफेद रूमाल उसने दो ही तीन महीनों में पार लगा दिए थे। उसे सफेद रूमाल कभी पसंद नहीं थे। धुलते-धुलते सफेद पीले हो जाते हैं और पीले, मटमैले, वह कहता था। उसने चारों रूमाल धोबी को दिए थे जिसमें से तीन लौटे थे। फिर एक-एक कर सब गायब हो गए।

उसके घर आने में इस चाय का आकर्षण भी जुड़ा था। गिलास में लौंग और इलायची वाली गाढ़ी चाय घर पर नहीं मिलती थी। ममी बहुत हल्की चाय बनाती थीं और उसमें ज्यादा दूध डालती थी।

मेरी चाय बहुत जल्दी खत्म हो गयी। मैंने लगातार पी ली थी। रूमाल तह कर मेज पर रखा और गिलास दरवाजे के पीछे चाय वाले के स्टैण्ड में। नारायण अभी पी रहा था।

वहाँ से मैं चाव से भरी चली थी।

उन्होंने कहा था, 'अकेले मन लग जाएगा तुम्हारा?'

'वाह, पिछले बीस साल जो गुजारे, वह?

वे हँस दिये।

सारी सहेलियाँ यहीं थी, पढ़ने में मशगूल। मैं चार-पाँच से मिल आई थी, पर पता नहीं क्यों, वहाँ भी, यहाँ जैसे मन नहीं लगा। उन लोगों ने थोड़ी बातें कीं, पूछीं, फिर हम लोग चुप बैठ गए थे। चाय वगैरह ने सिर्फ कुछ देर को हमारी रक्षा की थी। सुधा और प्रभा घर पर आई पर वे मेरी अपेक्षा आपस में ही ज्यादा बोल रही थीं।

मैंने अपने को बहुत छूटा हुआ पाया। यहाँ मैंने सबसे व्यस्त और बेफिक्र दिन बिताये थे। सुबह से जो साइकिल लेकर निकलती थी, दिन का पता ही नहीं चलता था। क्लास न हो, कॉलेज के लेडीज-रूम में ही दो बज जाते थे।

ममी कहतीं, 'यह क्या दौड़-भाग मचा रखी है बेबी?'

पर मैं शहर का कोई कोना नहीं छोड़ती थीं। छुट्टियों में और इतवार को यहाँ आती थी। कभी-कभी नहीं आ पाती, तो दूसरे दिन नारायण कॉलेज में कहता, फेल होना है?'

मैं डर जाती, 'तुम तो खूब पढ़े होगे।'

वह एक क्षण मुझे देखता, फिर हँस जाता, 'नहीं, मैं भी नहीं पढ़ा।

मैंने नारायण से कहा, 'मुझे जाना है।'

'ताँगा?'

'हाँ।'

'चलो, चौक पर मिल जाएगा।

ताँगे के पीछे-पीछे वह साइकिल पर आ रहा था। उसके सामने ताँगे पर बैठना मुझे बड़ा अजीब लग रहा था। ऐसा सिर्फ एक बार हुआ था। जब मैं कॉलेज में अचानक बीमार हो गई थी और वह मुझे घर छोड़ने साथ आया था।

उसने कहा, उसे अपने प्रोफेसर के यहाँ जाना है। वह नसिया रोड की तरफ से निकल जाएगा।

ममी क्राकरी पोंछ-पोंछ कर वापस शीशे की आलमारी में लगा रही थीं। मैंने पानी पीकर कहा, 'लाओ ममी, हम लगाते हैं।'

ममी के पीछे-पीछे हाथ बँटाते हुए मैं बहुत हल्का महसूस करने लगी। मैंने सोचा, रात, सोने से पहले आज उन्हें खत जरूर लिखूँगी।

◆◆◆

ज़िन्दगी : सात घंटे बाद की

रविवार का दिन बहुत लम्बा लगता है। सुबह-सुबह न बिस्तर से निकलने की जल्दी, न साड़ी प्रेस करने की हड़बड़ी, न नाश्ता निगलने की उतावली-बस देर तक लेटे खिड़की के काँचों पर लिपटी धूप का निर्विकार उजलापन देखते रहो, बीच-बीच में अखबार वाला, दूध वाला, डबल रोटी वाला–सब की 'फ्लैट' चीखें सुनते रहो। फिर भी, सबेरा जल्दी खिसकता नहीं। छुट्टी के दिन वक्त ऐसे रेंगता है जैसे बस का भीमकाय क्यू... एक–एक–एक–

उसने ड्रेसिंग-टेबल की ओर देखा। आईने पर धूप तिरछी पड़, धूल के कणों को चमका रही थी। आत्मीया को लगा, उसका चेहरा तो यहाँ ड्रेसिंग-टेबल पर रखा है। फाउन्डेशन क्रीम, 'नरिशिंग क्रीम', हैंड लोशन, स्किन फूड, पाउडर, रूज की डिबिया में। इस समय जो वह लेकर लेटी है वह रात का चेहरा है। दिन का चेहरा कितनी ही गुलाबी, पीली शीशियों में बन्द दुष्टता से मुस्कुराता उसकी प्रतीक्षा कर रहा है।

सिरहाने पेपर बैक की चिकनी किताब पड़ी थी। रात वह लेडी चैटरलीज़ लवर' पाँचवीं बार पढ़ कर सोई थी। सोने के कमरे में यह छोटी-सी आलमारी सिर्फ़ सार्त्र, नॉबोकोव, मिलर, मोराविया और लारिन्स से भरी थी। मास्टर लॉक उसमें हमेशा डला रहता था, कोई पूछता तो

आत्मीया हँस कर कह देती, "इसमें माँ की फ़ोटो रखी हैं, रोज पूजा करती हूँ।"

छुट्टी के दिन का रंग आत्मीया को कतई नहीं पसन्द। काम वह इतनी फुर्ती से करती है कि घर लाने को कुछ बचता ही नहीं। बस, प्रोड्यूसर-स्कीम आने का यही एक फायदा हुआ है। जिम्मेदारियाँ बँट गई हैं। पहले स्टूडियो और आफिस के चक्कर लगाते-लगाते पसीना-पसीना हो जाती थी। अब स्टूडियो से बहुत कम सम्बन्ध रह गया है, अपने कमरे में ही अधिक बैठती है। पहले बेशुमार काम रहा; किसी मिनिस्टर को छींक भी आई नहीं कि जाकर सारे शोक-सभा के रिकार्ड एडवान्स में ढूँढ़ कर रखने पड़ते; किसी आर्टिस्ट ने वक्त पर आने से इन्कार कर दिया तो पचासों टेलिफ़ोन खड़काने पड़ते; स्क्रिप्ट समय पर न आए तो दर्जनों स्मरण पत्र भिजवाने पड़ते। अब यह सारा सिरदर्द प्रोड्यूसरों के मत्थे। अभी उस दिन कोहली साहब कह रहे थे, "मिस सेन, रेडियो स्टेशन में अब रेडियो का काम हम और स्टेशन का काम आप करती हैं।' आत्मीया को भी महसूस होता है उसके पद को प्रोग्राम-एक्जीक्यूटिव नहीं, स्टेशन एक्जीक्यूटिव कहना चाहिए।

आत्मीया ने लेटे लेटे घंटी बजाई। कैलासो दौड़ती आई और पर्दे के पीछे से पूछा, "क्या चाहिए मेमसाहब?"

"एक प्याला चाय और!" आत्मीया ने हुक्म दिया। कैलासो वापस दौड़ गई। आत्मीया नौकरों से बहुत रौब रखती है। फ़िज़ूल बकबक करना उसे पसन्द नहीं। कैलासो, जब तक बिल्कुल ज़रूरी न हो अन्दर नहीं आ सकती। भंगी, धोबी, चौकीदार सब को दो तारीख को तनखा मिल जाती है, माँगने की ज़रूरत नहीं है।

अन्य की उपस्थित का आभास पाते ही आत्मीया मिस सेन बन जाती है, तनी मुद्रा में सरकारी अफ़सर। अपने से जूनियर लोगों से बात करने में वह सिर्फ भृकुटि का प्रयोग पर्याप्त समझती है। सीनियर्स से बोलने में 'एक्ज़ेक्टली' 'बाइ ऑल मीन्स' 'हाउ नाइस' आदि-आदि जुबान पर रहते हैं।

कैलासो ग्वालियर पॉटरी के छोटे टी सेट में चाय रख गई। आत्मीया ने घड़ी देखी—साढ़े आठ। सुबह कितनी मुश्किल से सरक रही है ! दूसरा प्याला पीने में ज्यादा-से-ज्यादा पाँच मिनट बीतेंगे। ऑफ़िस में उसे समय का पता ही नहीं चलता। चपरासी बार-बार यहाँ-वहाँ घूमता है तो वह खीझ कर कहती है, "क्या है?" वह डरते-डरते बुदबुदाता है, 'जी, पाँच बज गये।' और आत्मीया को ध्यान आता है, ऑफ़िस का समय पूरा हो गया।

सुबह दस बजे का उत्साह, शाम पाँच बजे का 'डिप्रेशन'—अपनी ड्रॉअर लॉक करते हुए उसे लगता है पाँच बज भी गए—अब से लेकर कल दस बजे का समय—वह और देवनगर का उसका फ्लैट—और कुछ नहीं.....

अभी उस दिन चिट्ठी आई थी वीरेन भाई की, छाया के फिर बच्चा होने वाला है, जीजी को याद किया है। चपरासी के हाथ आत्मीया ने टेलिग्राम भिजवा दिया, 'अभी नहीं आ सकती, व्यस्त हूँ।' गोपाल की शादी हो गई दिसम्बर में। उस समय रिपोर्ट लिखी जाती है, वह अनुपस्थित नहीं रह सकती थी, सौ रुपये का एम0 ओ0 भिजवा दिया। शुरू में वह हाथ से चिट्ठियाँ लिखती थी, पर फिर स्टेनो को डिक्टेट कराना सहज जान पड़ा। पहले महीनों हो जाते थे, जवाब नहीं जा पाता था। अब कहीं से चिट्ठी आई नहीं कि दूसरे दिन उसका बड़ा साफ़

सुथरा हस्ताक्षर-समेत जवाब पहुँच जाता है। आत्मीया ने फिर घड़ी देखी पौने नौ। समय बीतता नहीं है, बिताना पड़ता है। घर में सब ओर चुप्पी थी, सिर्फ किचन से स्टोव की भरभराहट आ रही थी। कितनी बार कैलासो को 'सायलेन्सर' मँगा कर दिया, वह जानबूझ कर निकाल लेती है। एक दिन बोली, "मेमसाहब, यह गुमसुम चूल्हे पे मुझसे तो होता नहीं काम। पता नहीं चले कि जलता है या बुझ गया!"

आत्मीया भी आदी हो गई है इस भरभराहट की। बल्कि छुट्टी के दिन अच्छी लगती है यह आवाज। ऐसा लगता है जैसे बच्चे दौड़-दौड़ कर चाभी वाली मोटर चला रहे हों। सन्नाटे में हर ध्वनि में एक व्यक्तित्व पैदा हो जाता है। संभवतः इसलिए कि हम उसे अतिरिक्त महत्व देते हैं या इसलिए कि वह एक नहीं को हाँ से भर देता है।

आत्मीया ने 'लेडी चैटरलीज़ी लवर' फिर खोल कर पलटा। अन्य किताबों के समान यह भी बार-बार पढ़ने से बेमज़ा हो गई थी। उत्तेजना धीरे-धीरे ओस-सी जमती जा रही थी। बस आदत भर बची थी कि सोने के पहले कुछ अच्छा पढ़ा जाए जो फ़ाइलों के स्वभाव से बिल्कुल पृथक हो, कुछ हो जिसमें मन आश्रय पा सके। पर सेक्स आत्मीया की प्रॉब्लम नहीं थी, इसने उसे कभी आक्रान्त नहीं किया। लोगों से काम लेते-लेते, आर्डर देते, मेमो इशू करते-करते, पुरुष उसके लिए महज 'वर्कर' रह गया था। यह पता होते हुए भी कि ब्लाउज से निकली कमर और 'नैक' के नीचे का कसाव परख गुप्ता और चन्दन उम्र का अन्दाज लगाया करते हैं, उसे कोई जिज्ञासा या वितृष्णा नहीं होती थी। पिछले पाँच, छह सालों से काम्प्लीमेंटों की संख्या घटती जा रही थी। जो पहले वेजह बिला वजह उसके कमरे में आ जाते थे अब एक ठंडी सौजन्यता की मुस्कुराहट ओंठ पर लिए हफ्ते-पखवारे नमस्ते कर लेते थे। उनके

व्यवहार में ऐसी कुशलता थी जैसे बस छींटों से बचने को एक कदम पीछे हट गये हों—बस और कुछ नहीं।

पर यह उसकी प्रॉब्लम नहीं है इसलिए उसे इसका पछतावा नहीं। जब वह युनिवर्सिटी से एम. ए. करके निकली ही थी, लोगों का अधिकतम प्रिय प्रश्न था, "तुम शादी कब करोगी !" एक-दो साल रेडियो-ट्रेनिंग वगैरह में बिता दिए तो सहेलियों ने खखोरना शुरू किया, "अमि, तू शादी क्यों नहीं कर लेती?" आत्मीया बेफ़िक्री से मुस्करा देती, 'जल्दी क्या है, जब तक नहीं की तभी तक है। किसी दिन मज़ाक में भी यह हाथ आगे बढ़ा दिया तो अँगूठी लेकर ही लौटेगा ! तो उसे गम नहीं कि उसने हाथ आगे क्यों नहीं बढ़ाया।

कनक को वह खूब झिड़कती थी, "क्या सुबह से पिचपिच में लग जाती है ! कहीं इसे तैयार कर, कहीं उसे खिला। सबके रूठने-उठने का ख्याल कर और घुड़कियाँ सह। सण्डे-मण्डे भी तेरा वही रूटीन, छुट्टी भी नहीं मिलती कभी।"

कनक आँखों में अजीब-सी चमक भर कहती, "पूछूँगी जब रातें भारी पड़ेंगी।" आत्मीय दुष्टता से हँस देती : 'तो उनके लिए दिन की किच-किच पालने की क्या जरूरत है ! भई, जैसे ह्वीलर हर स्टेशन पर बुक-स्टॉल रखता है न वैसे ही हर शहर में एक मित्र रखेंगे हम।'

धीरे-धीरे मित्रों की मित्रता पर उदासीनता की धूल चढ़ती गई। दीपावली पर ग्रीटिंग-कार्ड भर एक्सचेंज करने की प्रथा बची, पर उसकी उसे कोई व्यथा नहीं...

खूब देर लगा कर आत्मीया ने ब्रश किया। फिर नहाती रही। पैरों को रगड़-रगड़ कर धोया। बाँहों पर साबुन लगाया; कन्धे और कुहनी के

बीच की त्वचा धीर-धीरे 'रफ' पड़ती जा रही थी, वहाँ हाथ पड़ता तो सिहर कर आत्मीया आँखें बन्द कर लेती। अविवाहित नारी का शरीर ढलता नहीं है, सूखता है; धीरे-धीरे श्रिंक करता है। शीशा उसने कब से गुसलखाने से उखड़वा दिया.....स्वयं पर मुग्ध हो लेने की अवस्था समाप्ति पर थी.....'लोमा' लगा कर उसने बाल बाँधे और दिन का चेहरा ओढ़ लिया।

दूर सेंट मेरी चर्च में ग्यारह के घंटे बजे। लंच लेने में अभी दो घंटे की देर थी, आत्मीया बरामदे में बैठी अखबार पढ़ती रही। सड़क से स्कूटर, रिक्शे, मोटर, टैक्सी गुजरती रहीं; बच्चों के झुण्ड भागते-झगड़ते निकलते रहे। हर आवाज पर आत्मीया त्योरी चढ़ा कर देखती और आश्वस्त हो फिर अखबार में जुट जाती। धीरे-धीरे अखबार से भी मन उचट गया। सिर कुर्सी की बैक पर टिकाए वह आस-पास के मकानों की ओर ताकती रही। सामने अजवानी के यहाँ टैक्सी से उतर कर एक विस्तृत परिवार अन्दर गया। बराबर में तेजपाल सिंह और उनकी बीवी अपने मेहमान से सोत्साह विदा ले रहे थे, 'तुस्सीं आनाजी!' "जरूर आवाँगे !.....''नमस्ते जी।'' लोग आते रहे, जाते रहे। साड़ी, सूट फ्रॉकों के विविध रंग चमकते रहे; छुपते रहे।

आत्मीया को फिर याद आया, ऑफिस का बेतहाशा काम, भाग-दौड़, फन्दे-दर-फन्दे, दस से पाँच तक का तापमान। बस इस पाँच पर आकर आत्मीया के गले में कुछ अटक जाता है। उसे दिन-ब-दिन लगता है, पाँच के बाद वह जिन्दगी जीती नहीं, बिताती है। पाँच बजे के बाद वह कुछ नहीं बचती। उसके व्यक्तित्व के पास रोज सिर्फ सात घंटे जीने को हैं–दस से पाँच। दफ्तर से अलग वह कुछ भी नहीं है, फ़ाइलों के अलावा कहीं उसके दस्तखत का मूल्य नहीं है, इस लाल इमारत के

बाहर वह सड़क पर चलती महज एक परछाईं है जो किसी की भी हो सकती है। अफसरी से हट कर उसका कोई सेल्फ नहीं है। उसे घर आकर कोई पार्ट अदा नहीं करना है। रोज उसे सात घंटों का वजीर बनाया जाता है और शेष सत्रह घंटे वह 'न कुछता' के बोझ से दब जाती है।

आँखों पर हाथ रखे-रखे उसे लगा उसके हाथ बहुत सूखते जा रहे हैं, रूखते जा रहे हैं।

◆◆◆

पिछले दिनों का अँधेरा

शहर चुप था। बन्द दुकानें निर्विकार हो गई थीं। चौराहे अवाक् खड़े थे। धीमे चलती हुई बसें, बसें नहीं थीं; लगता था, अंधेरे को पहिये लगा दिये गये हैं। बस के अन्दर पहली बार पास-पास बैठे लोग अंधेरे का फायदा नहीं उठा रहे थे।

वह करोलबाग उतरा, तो उससे अपनी बस्ती पहचानी नहीं गई। हमेशा चख-चख मचाने वाली अजमल खाँ रोड सहमी हुई थी, बैल्गा की बत्तियों ने पहली बार अपनी नीली दौड़ रोक दी थी; प्रह्लाद मार्केट अटेंशन की मुद्रा में था, कोई गुजरती मोटर क्षणांश के लिए बत्ती जलाती भी, तो चौंधिया कर खुद बन्द कर लेती। बस से उतर कर लोग सीधे अपने-अपने घर जा रहे थे, बिना परिचितों से हाथ मिलाये। कपूर बस में बैठे हुए जरूर कुछ भारी महसूस कर रहा था। उसके दिमाग में कई बातें एक साथ घूम रही थीं। पहली, कि पंजाब में ठीक अम्बाला में रह रहे उसके माँ-बाप का क्या होगा? अब शाम को वह क्या किया करेगा? अंधेरे में टिकट बाँटता, कंडक्टर उसे सहज मानव-विश्वास का प्रतीक लग रहा था। वह एक बार भी रेजगारी नहीं गिन रहा था, देख नहीं रहा था। सवारियों के मुँह से कही जगह के टिकट बाँट रहा था। हो सकता है, उसके पास रात बहुत से खोटे सिक्के निकलें, पर ऐसा नहीं होना चाहिए। नगर की आज्ञाकारिता उसे चौंका गई।

अंधेरे में हर घर का आकार स्पष्ट हो गया था। ऐसा लग रहा था, जैसे किसी आर्किटेक्ट ने बड़े से कागज पर मोटी पेंसिल से शहर का नक्शा खींच दिया हो। इस अंधेरे का आशय समझते हुए पेट के बीच में एक खालीपन महसूस होता था, जो महज दर्द नहीं था। यह अनुभव नया था और अजीब। कपूर का मन था, कोई परिचित मिल जाये तो वह जी भर कर आज की स्थिति पर बात कर ले। वह काफी दिनों से ऊबा हुआ था। रोज़ सुबह जाग कर वह अपने को वहीं पाता, जहाँ सोया था, तो उसे निराशा होती। चीज़ों की निरन्तरता उसे थकाती जा रही थी। लोग जीवन को रहस्यमय मानते थे। जीवन उसके लिये 'स्टैटिक' हो गया था। आज तक उसके साथ कोई अकल्पित बात नहीं हुई। दफ्तर में जिस दिन उसे भय था, उसी दिन अफसर से डांट पड़ी। जब उसे फोन पर रुचि की आवाज से महसूस हुआ कि वह आज नहीं आयेगी, वह नहीं आई। वह चाहता था, कोई बात उसे झंझोड़ जाये। पर उसने देश की कीमत पर आश्चर्य नहीं माँगना था। यह तो स्तंभित रह जाने वाला वाकया था। रुचि को वह घर पहुँचा आया था। उसने कहा था, अब वह शाम को नहीं आ सकेगी। कपूर को यह बुरा लगा कि सारे दिन दफ्तर में काम करने, न करने के बाद शाम को रुचि उसे कमरे पर नहीं मिलेगी। घर लौटने का अर्थ होता था, रुचि के पास लौटना। आठ बजे तक वह वहाँ रहती, फिर वह उसे छोड़ आता।

शहर चार दिन तक सोया रहा। ब्लैक-आउट का पाँचवाँ दिन। उजाले के बिना रात और गाढ़ी हो जाती है। अंधेरे में बहुत कम काम हो सकते हैं। उसमें आप खा सकते हैं या प्रेम कर सकते हैं। खाने से कपूर को चिढ़ थी। खाना उसके विचार से एक भौंड़ी प्रक्रिया थी और प्रेम के लिए रुचि की उपस्थिति अनिवार्य थी। रेडियो सुना जा सकता

था, पर आकाशवाणी झिझकते हुए समाचार प्रसारित करती थी और रेडियो में जलती हल्की-सी रोशनी भी आँखों को तीखी लगती थी।

उसने अपना मन बहलाने के साधन स्वयं ढूँढ़े हुए थे। खाली वक्त में वह ओ' नील पढ़ता था, नाखून काटता था और रुचि की संक्षिप्त देह को मेट्रिक प्रणाली की तरह याद करता। दफ्तर के लोग उससे घुल-मिल नहीं पाये थे। वे छुट्टी के दिन बुद्ध जयंती पार्क या इंडिया गेट जाते थे। वहाँ उनकी बोवियां चने खातीं, बच्चे आइसक्रीम चाटते और वे सिगरेट पीते सोचते थे कि जिन्दगी खासी अच्छी है। उसने हमेशा पाया विवाहित व्यक्ति जिन्दगी से कम और वह स्वयं ज्यादा परेशान था। पर यह समाधान अपने आप में एक समस्या था।

रुचि को वह आज काफी मिन्नत से बुलाकर लाया था। ममी को उसने कन्विंस कर दिया था कि वह अंधेरा होने के पहले उसे छोड़ जाएगा। अंधेरा होने पर उन्होंने पाया, वे साथ-साथ अंधेरे की प्रतीक्षा कर रहे थे। महज शालीनता ने उन्हें आज तक बीच में उजाला रखने को बाध्य किया था। ब्लैक-आउट का अंधेरा गाढ़ा था। होम गार्ड्स की सीटियाँ बीच-बीच में रिमाइंडर सी बज रही थीं। रुचि का बदन गरम था। रुचि को वह हमेशा ऐसे पकड़ता, जैसे वह कोई तरल पदार्थ हो। उसका बदन बहुत जल्दी पिघलने लगता था। कपूर को वह ज्युएल कहती थी और उसकी बहुत कम बातों का बुरा मानती थी। उसका चेहरा हमेशा धुला-धुला लगता था और मिलने पर उसकी ओर देखने से ऐसा लगता, जैसे सुबह-सुबह ढेर-सी ताजी सब्जियाँ देख कर लगता है। पहले वह इस बात से काफी चकित और कन्फ्यूज होता था। फिर उसने पाया कि रुचि के चेहरे का नयापन, उसकी आँखों पर और ताजापन, उसकी बिन्दी पर निर्भर था। रुचि के देखने का ढंग एक नहीं था। उसकी आँखों में अभिव्यक्ति की सामर्थ्य बहुत ज्यादा थी। कभी-कभी

रुचि के चले जाने के बाद कपूर को लगता था, उसने रुचि को नहीं देखा, वह सिर्फ उसकी चमकती, गहराती, मुँदती, छिपती आंखों को ही देख पाया। रुचि अपने पीछे आँखों के कई चित्र छोड़ जाती। रुचि ने उसे कभी नहीं बताया कि वह अपने पीछे क्या चित्र छोड़ जाता है। रुचि उसके बारे में बहुत कम बोलती, बस अपनी बातें सुनाती रहती। पर उसे यह बात अधिक सुविधाजनक लगी थी। स्वयं से वह काफी बचता था और स्वयं को देखना रोज स्थगित कर देता। वह रुचि को बड़ी प्यास से पकड़े हुए था। उसके बाल उसके चेहरे के बिल्कुल इर्द-गिर्द थे, पर उनमें से कोई गन्ध नहीं आ रही थी। रुचि तेल तक नहीं लगाती थी और अगर उसकी आँखों में इतना गीलापन न होता, तो अवश्य उसका व्यक्तित्व रूखा लगता। रुचि रोज की अपेक्षा आज चुप थी। नहीं तो बहुत बार उसकी लगातार बातों के बीच, उसे रुचि को याद दिलाना पड़ता था, 'रुचि वी आर मेकिंग लव', आज अंधेरे में चुप, वे ऐसे बैठे थे, जैसे किसी अदृश्य के सम्मान-भय में यह मुद्रा जरूरी है। अंधेरा घिरते समय उसने सोचा था, आज वह रुचि में घुल जाएगा, देर तक के लिए। पर अभी सिर्फ उसे छूना भी उसे पर्याप्त लग रहा था। रुचि उसकी ओर और सटी, तो उसने उसके ओठों को मुँह में ले लिया। वह रुचि की हर माँग समझ सकता था।

अंधेरे को चीरता हुआ एक भर्राया स्वर पहले धीमे, फिर लगातार ऊँचे नीचे शुरू हुआ, तो चलता चला गया। उस आवाज को अलार्म की तरह बंद नहीं किया जा सकता था। उसके शुरू होने के अचानकपन ने कपूर को धकेल-सा दिया; उसे पता ही नहीं चला कि उस चेतना में रुचि के ओंठ उसके दांतों में भिंच गये थे और वह छूटने का प्रयत्न कर रही थी।

सायरन बंद हो गया, पर अपना उद्देश्य और वातावरण छोड़ गया। चुप शहर, ज्यादा चुप और सोया मुहल्ला, ज्यादा सो गया। असल में

सोया कोई नहीं था; आँखें खोल, सब शब्द-हीन इन्तजार में थे। रुचि और वह, अपनी-अपनी जगह पर बैठ गए थे। कोई किसी की स्तब्धता नहीं तोड़ रहा था। भय ने होठों पर उंगलियाँ रख दी थीं। कपूर हमेशा व्यक्तिगत खतरों से डरता था। राष्ट्र के खतरे उसने अखबारों में पढ़े थे और अगली सुबह तक भुला दिये थे। उनके छोटे गुजरते चित्र, कभी-कभी उसने देखे थे, उसे ध्यान था, रिंग रोड के किनारे पर बाढ़ पीड़ितों की झोंपड़ियाँ हैं; कनॉटप्लेस में गेलॉर्ड के सामने भिखारियों से भी दयनीय बच्चे वेणी बेचते हैं। पर उसने इन संकटों में कभी अपने को सम्मिलित नहीं पाया था। आज का खतरा उसे अपनी सिकुड़ी-झुकी माँ और निस्सहाय होते बाप पर, पारे-सी तरल रुचि और स्वयं पर एक्सरे की फिल्म-सा साफ नजर आ रहा था। उसने पाया, यह अंधेरा, उनके उद्‌देश्य से अपनी असहमति जताने की सामर्थ्य रखता है, इसमें प्रेम नहीं किया जा सकता सिर्फ साँस थाम, आँखों और कानों को एक केन्द्र पर जमा, इन्तजार किया जा सकता है।

◆◆◆

साथ

वह उसकी मदद करना चाह रहा था। दो बार वह वाश-बेसिन तक आ भी चुका था।

"क्या है?" सुनन्दा ने पूछा।

वह चुप रहा।

"कुछ चाहिए?" उसने नरमी से कहा।

"नहीं मैं तुम्हारे आने तक कमरा गन्दा नहीं करूँगा।' वह वापस अन्दर चला गया।

जब उसकी पुकार आयी सुनन्दा किसी तरह जा नहीं सकती थी। उसने क्रॉकरी साबुन में डुबो रखी थी और इसलिए वह हाथों से फिसल रही थी। कई प्लेटें उसने कमर से रोक कर गिरने से बचायी थीं। फिर वह अभी बीच में हाथ धोना भी नहीं चाहती थी।

"निन्दी, स्टिकिंग-टेप कहाँ होगी?"

"यह तुम्हारा अनुवाद का समय है, तुमने तो कहा था कमरा गन्दा नहीं करोगे!"

"मैं अब अनुवाद नहीं करूँगा।" कुछ रुक कर उसने सुधार किया, "मेरा मतलब है, मैं तब तक अनुवाद नहीं करूँगा जब तक मुझे एक प्याला चाय और न मिल जाय।"

‘‘तुम देख रहे हो, मैं काम कर रही हूँ।’’

‘‘मुझे पता है, निन्दी।’’

जब बहुत दिन हो गये, सुनन्दा ने शिकायत की कि अशोक ने अभी तक उसे पेट-नेम भी नहीं दिया, उसने तुरन्त उसे नन्दा बुलाना शुरू कर दिया। पर एक दिन उसने अखबार में गु0 ल0 नन्दा की तस्वीर देख ली और उसने सुनन्दा के नाम में संशोधन कर दिया। संशोधन के पहले दिन उसने उसे ‘नन्दी’ बुलाया पर सुनन्दा को स्कूल के दिनों से ही याद था कि नन्दी किसी बैल का नाम है। आखिरकार अशोक उसे ‘निन्दी’ कहने लगा।

वह कमरे में आयी तो अशोक स्टिकिंग टेप ढूँढ़ चुका था और अब साप्ताहिक पत्रिका के बीच का पृष्ठ पार्टीशान पर चिपका रहा था।

‘‘तुम्हें क्रॉकरी पाउडर से धोनी थी, माँ पाउडर से धोती थी।’’ उसने कागज का नाप देखते हुए कहा।

‘‘पाउडर एक-एक प्लेट और प्याले पर अलग-अलग लगाना पड़ता है, तुम्हारी माँ को फुर्सत होती होगी।’’

अशोक ने बिना चिढ़े कहा, ‘‘हाँ, मेरी माँ को फुर्सत रहती है, वे हर काम अच्छा करना पसन्द करती हैं।’’

सुनन्दा थक गयी थी। अब वह लड़ने की अपेक्षा लेटना पसन्द करेगी, यह अशोक को मालूम था। उसने चापलूसी के ख्याल से कहा, ‘रैक के अलावा मैंने कहीं कोई चीज इधर-उधर नहीं की। बल्कि स्टिकिंग टेप भी उस पर ही मिल गया।’

रैक के तीनों खाने बेतरतीब थे। अशोक को कमरे के साफ़ दिखने से शिकायत थी। साफ़ कमरा क्लिनिक लगता है, वह सोचता था। अशोक ने कोश की ओर अरुचि से देखा और पत्नी के पास लेट गया।

सुनन्दा बिस्तर के अलावा और कहीं, अभी उसकी पत्नी नहीं थी। पहली बीवी से तलाक लिये बिना यह मुमकिन नहीं था। पर तलाक की बात से उसे उस रकम की याद आ जाती थी, जो हरजाने के रूप में उसे अपनी पहली बीवी को देनी पड़ेगी। जब सुनन्दा शादी के लिए कहती, वह वार्डरोब से निकाल कर टाइयों का सेहरा सिर पर बाँध लेता और सुनन्दा पर चुम्बनों का धारावाहिक सिलसिला शुरू कर देता। पर जिन दिनों सुनन्दा की जिद ज्यादा कड़ी होती उसे बैंक से पैसे निकलवा कर उसके लिए साड़ी खरीदनी पड़ती। वैसे समय वह बिस्तर पर फुसफुसाते हुए एक से अधिक बार कहता, "यू आर मोर दैन माइ वाइफ, यू आर माई लाइफ़ ।"

"अब से तुम मेरे आने पर यह शब्दकोश खुला न रखा करो। मुझे घर भी दफ्तर लगने लगता है। चाय और शब्दकोश साथ-साथ रख देती हो, मुझे दोनों जहर लगते हैं।"

सुनन्दा ने याद दिलाया, 'तुम्ही ने तो कहा था कि रैक में से ढूँढ़ कर चीजें लेते, पैन में स्याही भरते काफी समय बेकार हो जाता है। तुम चाय पीते ही अनुवाद करना चाहते थे।'

"इस महीने अगर हमने पर्दे न खरीदे होते तो मैं कतई अनुवाद न करना चाहता।"

सुनन्दा चुप हो गयी। पर्दे खरीदने में उसका हाथ था, बिल्कुल वैसे जैसे पिछले महीने प्रेशर कुकर खरीदने में और उससे पहले डबल बैड खरीदने में। अशोक ने प्रेशर कुकर खरीदते समय कहा था, "अगर अभी हमने सब चीजें ले लीं तो शादी में सब दूसरी बार आ जायेंगी। दो-दो चीजों का हम क्या करेंगे !"

सुनन्दा ने कहा, "चीजें दो-दो नहीं होंगी।"

वैसे यह विषय ऐसा था जिस पर सुनन्दा चुप रहना ही ठीक समझती थी। उसके बाप ने कहा था कि वह हल्दी कुंकुम की रस्म के अलावा कुछ देना अफ़ोर्ड नहीं करेगा।

काफी अभिमान से सुनन्दा ने बाप से कह दिया था, 'मैं कुछ नही चाहती, उसके पास पहले से ही सब कुछ है। वह चाहे तो एक चैक से आधी बम्बई खरीद सकता है।'

अशोक को चैक काटना पसन्द था। वह दूधवाले, सब्जीवाले, नौकर, लॉन्ड्री को चैक दिया करता था पर जब से सब्जीवाले का पन्द्रह रूपये का चैक डिसऑनर होकर आया, ये लोग चैक लेने से कतराने लगे थे। वह बेईमानी करना भी नहीं चाहता था। पर वह किसी तरह सबको एक दो दिन टालते रहना चाहता था। उससे उसे लगता था उसने दो एक दिन कुछ बचत कर ली। जिस सप्ताह वह चेक काटकर लोगों को टरकाता था, उस सप्ताह को वह बचत सप्ताह कहता था। उसके फ़ौरन बाद वह सबका हिसाब चुकता कर अपने लिए 'बॉर्नविटा' खरीद लेता।

सुनन्दा ने कहा, "मेरे सारे ब्लाउज़ तंग हो गये।"

"तुम्हें और सिलवा लेने चाहिये। तंग ब्लाउज से साँस लेने में तकलीफ होती है और 'फिगर' अच्छा नहीं दिखता" अशोक ने फ़ौरन कहा।

सुनन्दा खुश हो गयी, "इस इतवार को चलकर हम कुछ ब्लाउज पीसेज खरीद लायेंगे।"

"तुम अपनी माँ के साथ शॉपिंग क्यों नहीं करती। हमें इतवार को अस्थाना के यहाँ जाना है।"

सुनन्दा ने आँख बन्द कर लीं और पार्टिशन की तरफ़ मुँह करके लेट गयी।

'यह अब काफी देर के लिए रूठ गई है', अशोक ने सोचा। दर-असल वह रूठी नहीं थी। उसे एक बार फिर अपनी सही स्थिति याद

आ गयी थी। अपने परिचय के पिछले दस महीनों के दौरान उसने पाया था कि अशोक औसत रूप से उस पर सौ से लेकर सवा सौ रुपये तक खर्च करता है लैमिंग्टन रोड स्थित अशोक के दफ्तर में जब यह स्टैनो की इन्टरव्यू देने गयी थी। तब उसका वेतन डेढ़ सौ तय हुआ था। वह वेतन वह सिर्फ़ दो बार ले पायी थी क्योंकि उसके बाद अशोक उसका बॉस नहीं रहा था और अशोक का महीने के तीस दिन प्रेमी और इकतीसवें दिन पे-मास्टर बनना वह कबूल नही कर सकती थी। शुरू में वह दफ्तर से उसके साथ आती थी, और नौ बजे तक वापस चली जाती थी पर जबसे उसके बाप ने कहा कि इतनी देर में कोई दफ्तर नहीं छूटता और चाहे वह रात के नौ पर लौटे या दिन के नौ पर उसके लिए कोई फ़र्क नहीं पड़ेगा, सुनन्दा को छूट मिल गयी थी।

अशोक ने ऊब कर अखबार उठा लिया था।

अखबार देखने की आदत उसे उन दिनों पड़ी थी जब वह कई ग्राहकों के पैसे पी गया था और ऑर्डर पूरे करने के लिए उसे पैसों की जरूरत थी। अखबार में देख कर ही उसने उन दिनों एक पोर्टेबिल टेपरेकॉर्डर खरीदा था और कुछ ही दिनों में उसे साढ़े तीन सौ के नफे से बेच दिया था। बम्बई में व्यापार का गुर उसने पकड़ लिया था। वैसे कड़की के दिनों में वह अनुवाद भी किया करता था। कॉलेज में बी० ए० में अंग्रेजी लेते समय उसने कभी नहीं सोचा था कि यह इतनी काम आयेगी। एक सेकेण्ड को उसने सुनन्दा की पीठ की तरफ देखा, फिर आहिस्ते से उसके बालों से पिन निकाल ली।

सुनन्दा तेजी से पलटी, "तुम फिर कान कुरेद रहे हो।"

"तुम कान कैसे साफ करती हो?"

"तुम्हें जरूर ओटाइटिस हो जाएगा। ममी को हो गया था।"

"और ओटाइटिस के बाद तुम्हारी ममी को क्या हो गया था?" अशोक ने उसका ध्यान बँटाया।

उसने खुद एक बार अशोक को बताया था कि उसके बाद ममी प्रेगनेंट हो गयी थीं।

अशोक ने पिन से कान को अन्दर-अन्दर टटोलते हुए कहा, "अगर तुम मुझे एक प्याला चाय दे दो तो मैं अपने को ओटाइटिस और तुम्हें प्रैगनैंट होने से बचा लूँगा।"

ऐसे मौकों पर सुनन्दा रसोई की पनाह लेती थी। वह जानती थी कि अशोक के ऑफिस से ही सही, पर मिस प्रधान का मेटर्निटी लीव पर जाना एक विस्फोटक घटना होगी और वह मिस प्रधान थी। उसने चाय बनाते-बनाते उँगलियों पर कुछ गिना, और अगले चार दिनों का अधिकांश भाग रसोई में बिताना तय कर लिया।

अशोक ने चाय एक सिप से आगे नहीं पी। सुनन्दा बिना उसके कहे समझ गयी कि उससे चीनी ज्यादा डल गयी है। अशोक पी सकता है पर उसे सुनन्दा की यह 'कण्ट्री-हैबिट' नापसन्द है। सुनन्दा बिना सॉरी कहे, दोनों प्यालों की चाय ग्लास में डालकर कुर्सी पर अधलेटी हो गयी और आराम से चाय पीने लगी।

◆◆◆

बेतरतीब

उन्हें बहुत बुरा लगा था। अचानक मूड खराब हो गया और उठ दिये। आकर बैठे तब से वे उसके अभिनय की तारीफ कर रहे थे। थोड़ी-थोड़ी देर में वे याद करते—"और गुस्से से काँपने वाले सीन में तो कमाल कर दिया तुमने!", "पता है, उस वाले सीन में तुम्हारे लगातार हँसने पर पास बैठी लड़की के आँसू निकल आये!" वह संयत मुसकान के साथ हर बार 'ओ' 'ज्यादा कुछ नहीं' आदि कहता रहा। वे देर तक इन्तजार करते रहे थे, फिर खूब असन्तुष्ट हो चले गये। उनके मुड़ते ही आनन्द पिघल गया। मन हुआ, उन्हें पुकार कर वह एक साँस में वह सब कह दे जो सुनने के लिए वे इतनी तामझाम कर रहे थे। पर उसने उन्हें जाने दिया। लोग तारीफ दूसरों की तरफ ऐसे फेंकते हैं जैसे शटलकॉक। प्रतीक्षा करते रहते हैं उसके वापस आने की। अगर आप उसी अनुपात में नहीं देते तो आप उनकी राय में हमेशा के लिए एक खास सन्दिग्ध जीव बन जाते हैं। वह चाहता तो दो-चार रवायती शब्द कहकर काफी दिनों को उन्हें अनुकूल बना सकता था; कॉफी-हाउस में अगले हफ़्ते कॉफी के पैसे बच जाते, सिगरेटें भी मिल ही जातीं। हो सकता है, एक बार बस की टिकिट भी। वह अपने फायदे खुद काटता जाता है। छह महीने पहले वह मकान-मालिक से जीने की सफ़ाई पर न लड़ा होता तो उसे पहली को दौड़-धूप न कर पाँच सात तारीख तक

किराया देने की सुविधा बनी रह आती। जब पहली को तनखा नहीं मिल पाती है या छुट्टी पड़ जाती है तो उसे अब उधार लाकर देना पड़ता है। ऐसी बातों को देखते हुए आनन्द बड़ा असफल आदमी है। जब हम अपने प्रति ईमानदार रहना शुरू करते हैं, हम सिर्फ अपने तक ही रह पाते हैं, हमारा सारा सफर हमसे शुरू होकर हमीं तक खत्म हो जाता है। यहाँ तक कि कभी-कभी महसूस होने लगता है कि हम दूसरे की कीमत पर अपने प्रति ईमानदार रह सके हैं। कभी-कभी उसे खुशी होती है, उसने अब तक शादी नहीं की। घर में माँ-बाप ने बहुत बार, आदर्श मौकों पर—सब्जी काटते, अखबार पढ़ते—उससे कहा कि अब उसकी शादी हो जानी चाहिये। इस बात से वह भी सहमत था पर उसने अभी तक यह निश्चय नहीं किया था कि शादी करनी चाहिए या होनी चाहिए। 'होने वाली शादी से' उसके शरीर के कुछ हिस्सों की जरूरतें पूरी हो सकती थीं पर दिल और दिमाग के हिस्सों की जरूरतें पूरी होतीं इसमें उसे शक था। जिस दिन शरीर के कुछ हिस्से उसे अधिक परेशान करते वह सोचता, दिल और दिमाग को बिना बाँटे जिया जा सकता है, शादी 'हो' जानी चाहिए। पर फिर वह दिमागी कसरत के क्षणों में इस बात को नकार देता और अपने प्रति ईमानदार बना रहता।

उनके जाने के बाद वह देर तक बिस्तर पर पड़ा रहा। खिड़की से सटी गली से एक खास समय पर, बराबर, रस्सी टपने की आवाज आ रही थी। उसे पता था, वही आठ दस साल की लड़कियाँ रस्सी कूद रही थीं जिनमें उसे कोई रुचि नहीं। इससे बड़ी लड़कियाँ खुलकर नहीं कूदतीं और उनमें उसे रुचि हो सकती है। वह लेटा-लेटा अनुमान लगाता रहा, कितनी लड़कियाँ खेल रही हैं। जो अकेला रहता है, उसे मन बहलाने के साधन स्वयं जुटाने पड़ते हैं। रस्सी का समाचार बार टूटा तो उसने सोच लिया, चार लड़कियाँ हैं !

प्यास लग रही थी पर उसने पानी नहीं पिया। देखता रहा, कितनी देर बिना पिये रहा जा सकता है। पानी पिये बिना इतनी देर भी रहा जा सकता है, यह अनुभव करते, ऊब कर वह पानी पी आया।

उसे शाम, कला-केन्द्र में जाना था। आय का कुछ हिस्सा 'सर' कलाकारों में बाँटेंगे। वह जानता है, फिर सन्तोष नहीं आयेगी और 'सर' उसका हिस्सा आनन्द के हाथ पर रख देंगे। वह इस स्थिति से बचना चाहता आया है, पर सन्तोष ने 'सर' से इतनी सहजता से कह रखा है, 'सर' आप इन्हें दे दिया करें, मुझे सही सलामत मिल जाता है।' यह याद आते ही आनन्द को ढेर थकान आ गयी। फिर वही खींचतान घण्टों बे-मतलब बहस और वही उसका ग्रीन-रूम में उसकी गोद में लगभग लेटते हुए कहना—'अरे ठीक है आनन्द !' वह आनन्द से पैसे नहीं लेती—यह बात कोई और नहीं जानता। शायद जान ले तो चालाक माने उसे, कि वकील साहब की सारी जायदाद उसकी हो सकती है, पर वह थककर ऐसा करता है। वह सन्तोष से ऐसी बहस नहीं कर सकता कि वह चाकलेट खाती चिपचिपी आवाज में कहती जाये—'आनन्द ! प्लीज, अपना तो यह कॉमन पूल है, चार दिन कॉफी पिला देना तुम, बस हिसाब साफ।' आनन्द को लगता है, सन्तोष उसे धागे का बेतरतीब ढेर समझती है, हर बात में उंगली पर एक गज ढील और लपेट लेती है। आनन्द ने 'सर' से पिछले साल कहा था, 'सर, यह पंजाबी उच्चारण स्टेज पर चल नहीं पायेगा।' सर बोले, 'भई, इसके फादर केन्द्र को ग्राण्ट देनी बन्द कर देंगे। छोटे-मोटे रोल दे दिया करेंगे किसी तरह।' इन फादर साहब ने लड़की को मुक्त छोड़ रखा है ठौर ढूँढ़ने के लिए। अगले कुछ साल स्वयं मेहनत की, फिर जैसा सब पिता करते हैं, गुपचुप 'एक्स्क्यूज़ मी' की मुद्रा में परे हट गये। सन्तोष जो एक तो इतनी मोटी, ऊपर से उम्र, पुराने इलास्टिक-सी बढ़कर लटकने वाली। केन्द्र के

हर छात्र पर उसकी मेहरबानी रह चुकी है। आनन्द से उसकी एक शिकायत–'आनन्द जी, आप घर नहीं आये कभी?' या प्रश्न–'क्यों, प्लाजा में क्या चल रहा है इस हफ्ते?' या गिला–'तुम बड़े पैसिव हो आनन्द !' आनन्द की तीव्र इच्छा होती, कह दे–'आप फिर इतना एक्टिव क्यों हैं सन्तोष बहनजी?'

लेटे-लेटे आनन्द हजारों बेतरतीब बातें सोचता रहा। मान लो, कल से वह रोज मकानदार को आगे-पीछे निकलते हर बार 'सतसिरी अकाल' करना शुरू कर दे, तो स्थिति कितनी भिन्न हो जाये। फिर वह पहली को किराया लेकर जाये, तो वह दाढ़ी सहलाते बोलें, 'कोई गल्ल नहीं जी फिर आ जाता।' तारीफ को शटलकॉक की तरह उछालने पर वह संवाददाता अखबार में कहीं बीच में डाल लेता–'श्री आनन्द अपने भावपूर्ण अभिनय के कारण सफलतम रहे।' और मोटी सन्तोष को वह हँसी में भी छू दे तो वह उसे उसी वक्त टैक्सी में भरकर अपने बेडरूम में डलवा ले और उसके आवास-प्रवास-सहवास की निःशुल्क व्यवस्था हो जाये।

आनन्द तैयार होकर बाहर निकला। बहुत देर तक स्टॉप पर खड़ा रहा, बस नहीं आयी। उसे खुशी हुई कि बस नहीं आयी, क्योंकि अब वह स्कूटर ले सकेगा। स्कूटर की बदहवास गति उसे प्रिय है। स्कूटर में उसे महसूस होता है–उसकी सामर्थ्य बढ़ गयी है। इस शहर में निरुद्देश्य नहीं घूमा जा सकता। घर से निकलते ही एक उद्देश्य सामने होता है–सवारी मिलने का।

वह बहुत देर तक 'विस्टा' पर टहलता रहा। वहाँ उसकी तरह निरुद्देश्य घूमने वाले कम ही थे। कुछ जवान लड़कियों सिर्फ चॉक-बार खाने के इरादे से आयी थीं, उन्हें पानी में डूबी मर्करी रोशनी, नाइलॉन के तारों सी नरम घास, किनारे औंधी पड़ी नन्हीं-नन्हीं नावें–कुछ नजर

नहीं आ रहा था। कुछ लोग वहाँ प्रेम करने के ख़याल से आये थे और आँख बचाकर गाहे-बगाहे अपनी प्रेमिका को कहीं सहला देते। आनन्द देर तक यों ही अनमन या उनकी प्रेमिकाओं के चेहरों पर आती मुस्कराहटें नोट करता रहा, हरेक के प्रेम की मियाद नापता रहा। काफी थक लेने पर वह कृषि-भवन तक पैदल आया। उसे कला-केन्द्र पहुँचने के लिए यहाँ से सीधी बस मिल जाती थी। बस-स्टॉप पर भीड़ थोड़ी थी। उसमें से कुछेक के हाथों में तीन-तीन किताबें थीं, जिससे जाहिर था वे ब्रिटिश-काउन्सिल लाइब्रेरी से आ रहे थे; कुछ हाथों ने दफ्तर के मोटे बैग लटकाये थे। दूर से भ्रम हो सकता था ये किसी महत्वपूर्ण पद का भार घर ढोकर ले जा रहे हैं पर, दरअसल, वे खाने के खाली डिब्बे और दफ्तर की स्टेशनरी ले जा रहे थे।

वह बीस पैसे की टिकिट को मोड़ता-तोड़ता बस में बैठा रहा। केन्द्र का स्टॉप आने पर उठता-उठता वह बैठ गया। उसे आलस आ रहा था। सोचता रहा, अगर रास्ते में चेकर नहीं आया तो इन्हीं बीस पैसों में वह चालीस पैसों की दूरी, घर तक, नाप सकेगा।

♦♦♦

शहर शहर की बात

जिस तरह झुके कंधों से बाहें आगे किये हुए वह आया था, मुझे पहले ही समझ लेना चाहिए था कि वह विनम्र होगा। पर लोगों के बारे में धारणाएँ बना लेने की आदत मैंने छोड़ दी थी। उसने मुझे दूर से देख लिया था और चाल तेज कर दी। शायद उसकी चप्पल चलने में अड़चन डाल रही थी, उसने झुंझला कर चप्पल की तरफ देखा और फिर लाचारी से समझौता कर लिया। इस बीच मैं उस तक पहुँच गई थी। मुझे आगे जाना था, नये पुल की तरफ, पर उसने कहा, 'नमस्ते, कैसी हैं?'

'अच्छी हूँ' कह कर मैं चलने ही वाली थी।

'आपने डेढ़ बजे की न्यूज सुनी?' उसने पूछा।

मैं चौंक गयी। मुझे लगा जरूर कोई नेता मर गया होगा या कोई नया कर घोषित हुआ होगा। मैंने कहा, मुझे अफसोस है, मैं डेढ़ के पहले घर से निकल आयी। क्या खबर है ?

'मैंने ही कहाँ सुनी !' उसने अफ़सोस से कहा और अपने पास की किताब एक बगल से निकाल दूसरी बगल में दबा ली।

जहाँ हम खड़े थे वहाँ से कुछ ही दूर पर रिक्शा-स्टैंड था, सामने वाले चौराहे के उस पार। रिक्शों के हुड ताने रिक्शे वाले ऊँघ रहे थे। उनके धड़ छाँह में और पाँव धूप में थे। मुझे झुँझलाहट हुई कि मैं पर्स

बदलते समय गॉगल्स रखना क्यों भूल जाती हूँ। अब बार-बार आँखों से पानी आ रहा था।

लेकिन बावजूद इसके कि दोनों को धूप लग रही थी। इसका इस तरह रुक कर बात करना मुझे अपने प्रति कांप्लिमेंट लगा। मैं एक रूखा ग्रस्त शहर से आयी थी। पहले पहल रुखाई से चोट लगने जैसी तकलीफ हुई थी, पर फिर आदत पड़ने लगी। मैंने रास्ता चलते आदमियों से वक्त पूछना बंद कर दिया था। सुरेन्द्र को तो फिर भी खास फर्क नहीं पड़ा था। वह सुबह-सुबह अपनी दुकान लगाने में व्यस्त हो जाता था। बैंक की दीवार पर जो ओटला निकला हुआ था, उसी पर वह पहले लाल रंग के धागे आड़े बाँधता, फिर उसमें किताबें फँसा देता। उस आठ फुट के ओटले की हम लोगों को पाँच सौ रुपये पगड़ी देनी पड़ी थी और पचास रुपये महीने किराया। पर यह आराम था कि बैंक का चौकीदार किताबें वहीं की अंदरवाली सीढ़ियों पर रखने देता था। लानी, ले जानी नहीं पड़ती थीं। सुरेन्द्र उन्हें एक पेटी में भर कर ताला लगा देता। दिन में वह इसी पेटी पर तौलिया बिछा कर बैठता था। पर मेरी बात और थी। मैं सुबह-सुबह बीस मील दूर सफर कर स्कूल जाती। अक्सर प्रिंसिपल मुझे घूर कर देखती। जब मैं 'गुडमार्निंग' कहती तो उस पर कोई अनुकूल असर न होता। कई बार गाड़ी दो चार मिनट लेट हो जाती और स्टेशन से स्कूल तक की दूरी का मेरा शेड्यूल गड़बड़ा जाता। पर प्रिंसिपल को ऐसे बहाने कभी पसंद नहीं आये। उसे पता था बम्बई में लोग अपने सब दोष रेलगाड़ियों पर लादते हैं।

उसने कहा, "आप थक रही होंगी, समय हो तो 'मनोहर' चलें!'

थकान तो नहीं, पर धूप और भी तेज लग रही थी। इस लिहाज से यह शहर कपड़े धोने के लिए सर्वोत्तम था। बम्बई में ऐसी तीखी धूप नहीं पड़ती थी। वहाँ अक्सर मौसम फिल्मी हो जाता। यह बात और थी

कि रेल और बसों के लिए भागते रहने में हम उस मौसम को कभी फुरसत में देख नहीं पाये। इस शहर का चरित्र रात में उभरता था, जब हमारे घर के सामने वाली सड़क से तरबूज, खरबूजे और लौकियाँ लादे ऊँटों की कतारें गुजरतीं। ऊँट की चाल इतनी कलात्मक और लयबद्ध होती है, यह मैंने अब ही जाना। उनके पैरों व गले में बंधे घुँघरू धीमी ताल में बजते जैसे मणिपुरी नृत्य हो रहा हो। उस रोज हम घूमते-घूमते चर्च की तरफ निकल गये थे। सुरेन्द्र ने पूछा, 'तुमने कौन-सा परफ्यूम लगाया है, बहुत महक रहा है।''

मैं चौंक गयी, 'आज तो मैं लगाना ही भूल गयी।'

फिर हम दोनों बहुत झेंप गये थे। वास्तव में यह गंध उन फूलों की थी, जो चर्च के लॉन में उग रहे थे और जिनके नाम हमें पता नहीं थे। सड़क पर बत्तियाँ दूर-दूर पर लगी थीं। उनकी रोशनी इतनी कम थी कि अंधेरे को डिस्टर्ब नहीं कर पा रही थीं। हमें यह वातावरण अंतरंग लगा था, बिना देखे चीजों को महसूस करना, एक नया अनुभव। हम सम्मोहित-से बैठे रह गये थे।

तरुण ने कुछ इंतजार कर चलना शुरू कर दिया। 'रिफ्लेक्स ऐक्शन' में मैं भी चल दी। मैं इस शहर में नयी-नयी आयी थी और 'मनोहर' शब्द से मुझे तब तक कोई बोध नहीं हुआ, जब तक मैंने वहाँ पहुँच कर बड़े-बड़े अक्षरों में लिखा नहीं देख लिया–'मनोहर स्वीट मार्ट।' मिठाई की दुकान में हम आखिर क्यों बैठेंगे या कोई हमें बैठने देगा, मैं यह सोच ही रही थी कि मेरे ठिठकने को दूर करते हुए उसने निस्संकोच दरवाजे की चिक उठा कर रास्ता बना दिया।

अंदर बिना हाथों वाली छोटी-छोटी लाल रंग की मैली कुर्सियाँ थीं और दरार पड़े कांचोंवाली मेजें।

तरुण मित्र ने बगल की किताब निकाल कर मेज पर रख दी और कुरतें के अन्दर बटनवाली जगह से हवा फूँकने लगा। फिर वह काउंटर की तरफ जाकर सौंफ की प्लेट उठा लाया। मैं देख रही थी कि अगर कोई नौकर जागा हुआ हो, तो उसे पानी के लिए कहूँ। आस-पास की खाली जगह में दो-चार नौकर सो रहे थे। तब तक तरुण कुर्सी पर आराम से बैठ गया। इतनी छोटी-सी कुर्सी पर भी वह फैल सकता था, मुझे आश्चर्य हुआ।

उसने कहा, 'क्या लेंगी, ठंडा रसगुल्ला?'

'तौबा, इस गर्मी में मिठाई ! पहले ही हाजमा खराब है। हम कहीं और चल कर बैठते तो 'कोक' पी सकते थे।'

'कोक क्या?' उसने पूछा।

मैं उसके सवाल से अचकचा गयी, 'कोक माने कोक और क्या !'

पर उसकी मुद्रा बदली नहीं। पूरा नाम याद करने में मुझे देर लगी। मैंने जब बताया, उसके चेहरे पर परेशानी हटने का भाव आया।

'वह तो यहाँ भी मिल जाएगा !' उसने कहा।

निकर संभालता हुआ एक छोटा-सा लड़का हमारी मेज के पास आकर खड़ा हो गया। तरुण ने उससे कहा 'दो कोका कोला।' फिर मुझसे पूछा, 'आपको आए कितने दिन हुए?'

मुझे ठीक से याद नहीं था। मुझे दिन गिनना कभी पसंद नहीं आया, शादी के पहले भी नहीं। वैसे मेरी डायरी में मेरे आने का दिन, टिकट का नम्बर और असबाब की गिनती दर्ज थी।

तरुण ने कहा, 'यहाँ आपको तकलीफ हो रही होगी, बम्बई तो बहुत बड़ा शहर है।'

निकर वाला लड़का ग्लासों में कोक डाल कर ले आया और स्ट्रॉ भी।

मुझे थोड़ी निराशा हुई। बोतल के बिना कोक मुझे कोई संदिग्ध पेय लगता था। और फिर यही कोक बोतल में कितना ज्यादा और ग्लास में कितना कम लग रहा था। तरुण ने दो-चार घूंट खींचे, 'सौंफ के ऊपर कोका कोला कम मीठा लग रहा है।'

'उसका तीखापन निकल गया होगा, पानी पी कर पहले मुँह फीका कर लो।'

पर तरुण इससे भी पहले यह जानना चाहता था कि बम्बई को महानगर क्यों कहते हैं।

'वाह, आपके रे महाशय ने तो फिल्म तक बना डाली और आप अभी सवाल पर अटके हैं।' मैंने कहा।

दरअसल मुझे भी नहीं पता था कि बम्बई को महानगर क्यों कहते हैं। फिलहाल मेरा खय़ाल था कि वहाँ बसें आम बसों से ऊँची, रेलें आम रेलों से तेज और मकान आम मकानों से महँगे हैं, इसलिए उसे महानगर कहते हैं।

तरुण की जिज्ञासा देखकर मुझे अफसोस हुआ कि मैं स्विट्ज़रलैण्ड से क्यों न आई। वह मुझे पर्याप्त रुचि से देख रहा था। अब मुझे उसकी अपेक्षाओं से भय लगने लगा। मैं तो पिछले कुछ ही दिनों में अपने को बड़ी सहूलियत में पा रही थी। जिस समय रिक्शेवाले ने मुझे स्टेशन से चौक सिर्फ चार आने में पहुँचा दिया मुझे तभी लगने लगा था कि यह शहर मेरी जेब में है। जिस तमीज से यहाँ पानवाला पान खिलाता था, उस तरह तो कभी विद्यार्थी मुझे अपनी कापी भी नहीं पकड़ाते थे। सत्ताईस पैसे में कॉफी, दस पैसे में साड़ी पर इस्त्री और छह आने किलो गोभी खाकर मैं चमत्कृत हो गयी थी। सुरेन्द्र ने भी पहली बार अपने को

मुक्त पाया था। डबल फास्ट गाड़ियों की घिचपिच और सिगरेट की ब्लैक कीमत से। बम्बई में तो हम दोनों जल्दबाजी में एक-दूसरे के चेहरे और कपड़े भी भूलने लग गये थे। वहाँ हमें हर समय गैस ट्रबल और गाड़ी छूटने का खतरा बना रहा था। सच कहा जाए तो हमने बम्बई में अपने दिन ऐसे ही खतरों में बिताये थे—मकान छिन जाने का, नल में पानी न आने का, रेल किराया बढ़ जाने का, बरसाती न खरीद पाने का, बच्चा हो जाने का।

हमें तो लगा था आजादी इस छोटे शहर में आकर ही बस गई है।

पर मैं तरुण को निराश नहीं करना चाहती थी। उसने सुन रखा था कि बम्बई के हर दफ्तर में एयरकन्डीशनर है और हर घर में फ्लश की टट्टी। उसने सुना था वहाँ मूँगफली बेचनेवाला भी तीन सौ रुपये महीने कमा लेता है। वह वहाँ रहने वाले अपने एक अंकल की बात कर अपने को बम्बई के बहुत नजदीक पा रहा था।

'तुम्हारे अंकल कहाँ रहते हैं?' मैंने पूछा।

'घाटकोपर !' उसने मुश्किल से उच्चारण किया।

मैं चुप हो गई। बम्बई के कई उपनगर मध्यवर्ग के लिए ही थे। बल्कि वहाँ अपने लिए उपनगर चुनना पति चुनने जितना ही महत्वपूर्ण था। आपकी सारी शेखी को आपका उपनगर एक सेकेण्ड में उघाड़ सकता था। इसलिए कई लोग वहाँ बांद्रा की तकलीफदेह, बसस्टॉप से दूर, बस्तियों में रहना गवारा करते रहते थे बजाय इसके कि भाण्डुप में एक हवादार मकान लेकर रहें। यह वहाँ की वर्ग-सभ्यता का तकाजा था।

पर तरुण के दिमाग में काँच का एक नमूना था, जिसे मैं तोड़ना नहीं चाहती थी। मैं उसे संतोषजनक जवाब नहीं दे पा रही थी और वह सोच रहा था, मैं बम्बई के प्रति भावुकता में चुप बैठी हूँ। मेरे खयाल में

उस शहर के प्रति भावुक होना असंभव था, वह मौका ही नहीं देता था। बल्कि जिन चीजों की हम सराहना शुरू करते, उन्हें अगले ही दिन वह पुराना कह कर परे कर देता।

तरुण कोक खत्म कर फिर सौंफ चबाने लगा और परेशानी से सिर हिलाते हुए बोला, 'ओफ, कितनी लीचड़ गर्मी है, देखिये न !' वह ऐसी अफसोसग्रस्त मुद्रा में बैठ गया जैसे यह उसी की गलती हो।

'मनोहर' में पंखा शायद पुराना था और उसके जोड़ों में बरसों से तेल नहीं डाला गया था। वह काफी ऊँचाई से चूँ-चूँ ज्यादा कर रहा था और हवा कम दे रहा था, पर मुझे अच्छा लग रहा था। यहाँ की हर चीज मुझे रोचक फिल्म की तरह पसन्द आ रही थी।

'स्कूल कैसा चल रहा है?'' मैंने पूछा।

'वैसे ही', तरुण ने टाला। उसे शायद इस विषय में रुचि नहीं थी। चण्डीगढ़ में जहाँ हमारी मुलाकात हुई, वह अपने स्कूल का प्रतिनिधि बनकर आया था। उस सेमिनार में प्रशिक्षकों की कोशिश रही थी कि किस तरह हमें ज्यादा से ज्यादा लेक्चर दे सकें और हमारी यह कि किस तरह कम से कम अटेंड करें, बस उतने ही जिनके आधार पर हम प्रमाण-पत्र पा लें। हममें चण्डीगढ़ के प्रति वैसा ही उत्साह था जैसे मुफ्त किसी शहर में पहुँच जाने पर लोगों में होता है। हमें यह जानकर आश्चर्य हुआ था कि शहर में कोई पुराना मोहल्ला या बाजार है ही नहीं। मेरे लिए तो यह मौका और भी विशेष था, क्योंकि मैंने कई बरसों बाद घास और जमीन से उगते फूल देखे थे।

आखिरी दिन तरुण मित्र ने स्कूल अध्यापन की दिशाहीनता पर एक छोटा-सा भाषण दिया जो सरकारी आयोजकों को पसन्द नहीं आया। हम यह भाँप गये थे। इसलिए उस समय हमने तालियाँ नहीं बजायीं। बाद में हम व्यक्तिगत रूप से तरुण से कह आये कि भाषण जोरदार रहा।

अब यहाँ बैठी-बैठी मैं यह भी भूल गयी थी कि मैं घर से क्यों निकली थी। दरअसल मैं निरुद्देश्य ही निकल आई थी। सुरेन्द्र ने कहा कि उसे नाई के पास जाना है। उसके बालों की विशिष्ट शैली थी, जिसे हम दोनों आपस में रेबेल कट कहते थे। वह अपने बालों के प्रति उतना ही फैस्टीडियस था, जितना सुबह की चाय और अखबार के प्रति।

मैं उसके साथ यों ही चली आई थी। उसने कहा था, 'सैलून में देर लगेगी।'

मैंने कहा, 'कोई बात नहीं, मैं पुल तक घूम आऊँगी या विंडोशापिंग कर लूँगी।'

कुछ देर घूम कर मैंने पाया था विंडो-शापिंग मुमकिन नहीं थी। सभी दुकानदार दोपहर में खाली थे और जैसे ही मैं शो-रूम की तरफ देखती, वे आवाज लगाकर अन्दर बुलाते। मैं घबरा गयी। मेरे पर्स में कुल चार रुपये और कुछ पैसे थे।

मैं पुल की ओर चली ही थी कि तरुण मिल गया।

मैंने कहा, 'मैं जाना चाहूँगी। सुरेन्द्र अब तक आ गया होगा।'

तरुण ने काउंटर पर जाकर पैसे दे दिये। जब हम बाहर निकले, तो धूप की तेजी से हमारी आँखें भिंचने लगीं। मैं जल्दी से जल्दी सैलून के बाहर पहुँच जाना चाहती थी, पर तरुण की चप्पल की पट्टी बिलकुल उखड़ गयी थी।

'रिक्शा ले लेते हैं !' मैंने कहा।

तरुण अविश्वास से हँसा, 'इतनी सी दूर के लिए?'

मुझे कहने के बाद झेंप आई। दूरी वाक़ई बहुत कम थी, बस एक चौराहा पार करना था। मैंने गौर किया जब से मैं यहाँ आई थी रिक्शा मैं ऐसे ले रही थी जैसे लोग टैक्सी लेते हैं। मैंने बात हल्की करते हुए कहा, 'फिर उसी रिक्शे में हम घर चले जाएँगे।'

सैलून पर सुरेन्द्र करीब-करीब उतनी ही हजामत सिर पर लिये खड़ा था।

मैंने पूछा, 'क्यों बाल नहीं कटवाए?'

'कटवाए तो,' उसने कहा और कांशस हो गया।

मैं समझ गयी, उसने डर के मारे नाई को ज्यादा हाथ ही लगाने नहीं दिया होगा। मैंने तरुण का परिचय दिया।

तरुण जल्दी-जल्दी कोई सफाई देना चाहता था, पर तभी सुरेन्द्र ने कहा, 'बहुत प्यास लगी है, कॉफी हाउस चलें!'

मैंने तरुण से कहा, चलो तुम भी!'

वह घबरा गया, 'नहीं, नहीं, मैं चलूँगा। अभी घर भी जाना है। मैं तो यह किताब वर्मा को लौटाने आया था।' उसने सिर्फ सुरेन्द्र को नमस्ते की और वापस उसी ओर चल दिया जहाँ से वह पहले आ रहा था।

◆◆◆

वे

'क्यों भई, बस कब तक ठीक होगी?' उन्होंने तीसरी बार ड्राइवर और क्लीनर की झुकी छायाओं से पूछा।

'जी, यह गाड़ी है, बैलगाड़ी तो है नहीं। टेम लगेगा अभी।' ड्राइवर क्रम में तीसरी बार झल्लाया।.

वे लोग फिर अपनी जगह लौट आए। ड्राइवर ने सारी सवारियों को उतर जाने को कह दिया था और बैठे रहने से थके लोग काफी देर सड़क पर खुश टहलते रहे। बस सड़क के किंनारे कर ली गयी थी और ड्राइवर और क्लीनर ने बारी-बारी से प्राणायाम की मुद्रा में लेटकर बस का निरीक्षण किया। उनमें थोड़ा मतभेद हुआ कि खराबी इंजन में है या पहिये में। फिर इस बात पर समझौता हो गया कि खराबी इंजन में ही है।

'क्यों, यहाँ आस-पास गाँव कस्बा कुछ नहीं है?'

'शायद थोड़ी दूर जाकर धार आता है।' उसने कहा।

पास से गुजरते एक दूसरे यात्री ने कहा, 'थोड़ी दूर नहीं साहब, चौदह मील है धार।'

वे लोग अपने आप में सकपका गए। मीलों-मील सड़क पर सिर्फ अंधेरा था। बहुत दूर-दूर पर लगी बत्तियाँ खास सार्थक नहीं लग रही थीं। अंधेरा गहरा था, आसमान के कालेपन में अज्ञेयता की जिद। उसे इस समय नौलखे का अंधेरा याद आ रहा था जो निहायत तरल होता था। यह

अँधेरा आँखों की असमर्थता इस हद तक बढ़ा रहा था कि थक कर आँखें देख नहीं रही थीं। दूर से कभी दो आँखें चमक जाती थीं, पर उससे कोई थ्रिल नहीं होता, क्योंकि मालूम था कि रास्ते से बैलगाड़ियाँ यदा-कदा गुजर रही थीं। कभी ट्रक निकल जाते। दन्नाते।

लोगों ने बहुत बार ड्राइवर से अनुरोध किया कि किसी ट्रक को रुकवाकर सबके धार तक जाने का इन्तजाम कर दे, वहाँ से देख लेंगे क्या हो सकता है। ड्राइवर 'हुणेई ठीक हो जांदा ए' कह फिर इंजन पर झुक जाता। सब उसके आशावाद से काफी ग्रसित-त्रसित महसूस कर रहे थे।

कुछ महिलाएँ वापस बस में जाकर बैठ गईं। उनके पति थोड़ी थोड़ी देर में चौकीदार के अन्दाज में जा-जाकर अपनी बीवियों को देख आते, फिर घूमने लगते। चार-छः बूढ़े लोगों की टोली बन गयी और वे सरकार की नीति-अनीति पर काफी उत्साह से चर्चा कर रहे थे। उस बस में बच्चों की संख्या कम नहीं थी,पर वे रास्ते भर बिना रुके खाते-खाते थक चुके थे और सो गये थे।

उनकी समझ में नहीं आ रहा था, वे क्या बात करें। बहुत से विषय शुरू कर ड्राप कर चुके थे। उसने अब परम्परागत शैली में बात करने का प्रयोग किया।

'आज सारे दिन मौसम काफी अच्छा था।'

'हाँ, अच्छा था।'

वह थोड़ा झुँझलाया। लड़कियाँ हर बात क्या ऐसे 'डिटो' करती चलती हैं। वह काफी देर चुप रहा, अपने जूतों की आवाज ठोस सड़क पर सुनता रहा। उसके चलने की आवाज शायद नहीं हो रही थी। कम से कम सुनाई नहीं दे रही। उसने अपनी चमड़े की जैकेट और अच्छी तरह बन्द कर ली। इसमें वह अपने को बहुत सुरक्षित महसूस करता था, मौसम के आगे और दूसरों के आगे।

'समय क्या है?' उसने पूछा।

'साढ़े नौ।' उसने सिगरेट की रोशनी में घड़ी की सुइयों की नोकें देखीं।

'नहीं', उसने अपनी घड़ी पर आँखें गड़ाते हुए कहा–'इस समय नौ पचपन है।'

'तुम्हारी घड़ी तेज है।' वैसे इस समय उसका तेज या धीमे होना कोई माने नहीं रखता।

'बस बिगड़े कितनी देर हो गयी?'

उसने पैकेट निकालकर सिगरेटें गिनीं। पाँच सिगरेटें खत्म थीं। पंद्रह पाँच पिचहत्तर। उसने कहा–'सवा घण्टा।'

'अरे, आपने ठीक बता दिया।'

'तुम्हें कैसे पता ठीक है?'

'मैंने बस से उतरते ही घड़ी देखी थी।'

वह फिर चुप हो गया। उसे कोई बात 'एंगेज' नहीं कर पा रही थी। वह चाहता था बस जल्दी ठीक हो जाए। उसके बैग में अधूरी पढ़ी 'एन एरिया ऑफ डार्कनेस' पड़ी थी और वह चाहता था, वह जल्दी से घर पहुँच जाए और रजाई में घुसकर नायपाल को थोड़ा और पढ़ ले। उसे काफी जिम्मेदारी महसूस हो रही थी कि अरुणा को घर पहुँचाना है। और उसके आदर्श भाई साहब नौ बजे से बस स्टाप पर इंतजार कर रहे होंगे।

अचानक ड्राइवर 'ओ मारा' कहकर खुश हो लिया और क्लीनर ने 'बादशाहो' कहकर सवारियों को बुला लिया। इस समय चलती बस में कोई नहीं बोल रहा था। सब इन्तजार से थक गये थे। वह और वह पास-पास बैठे थे, अपने में अलग-अलग। वह ऊंघ नहीं सकता था। उसे बैठे-बैठे ऊंघने वालों से चिढ़ थी। उसने एक दो-बार परीक्षा ली उसकी 'तुम्हें गति अच्छी लगती है?'

'हाँ पर शोर के बिना। यह बस तो मौत का कुआँ लग रही है। मौन गति से महसूस होता है, जैसे अन्तरिक्ष में उड़ रहे हैं। अरुणा को एक साथ इतने वाक्य बोलते उसने पहली बार ध्यान से सुना। कुछ शब्द बस की आवाज से दब जाते थे, फिर उभर आते, जैसे थोड़े खराब ट्राजिस्टर में शॉर्ट वेव स्टेशन। उसकी आवाज में मीठापन नहीं था, ठहराव था।

उसका ध्यान फिर हट गया। उसका मन नहीं लग रहा था। बहुत बार घंटों उसका मन नहीं लगता था। दफ्तर में ऊबे-ऊबे वह काम करता रहता और ऊबे-ऊबे ही घूमने, खाने के बाद सो जाता था।

उसके आगे बैठी महिला का गोदी का बच्चा जाग गया था और निरुत्सुक आँखों से बस का निरीक्षण कर रहा था। उसने हाथ बढ़ाकर उंगली बच्चे को थमानी चाही। बच्चा माँ की तरफ मुड़कर पलट गया। थोड़ी देर बाद बच्चा फिर उसे देखने लगा। वह हँसा। उसे लगा, जिन निष्कर्षों में वह अब जीता है, वे सब इस बच्चे ने अभी से जान लिए हैं। बड़ा होकर यह आधुनिक युग की सहीतम व्याख्या कर सकेगा।

वह देर तक उस छोटी-सी टी-शॉप के बारे में सोचता रहा, जहाँ उसका रोज जाना दिनचर्या बन गया था। वहाँ जाना उसे दफ़्तर जाने से भी ज्यादा जरूरी लगता था। एक दिन बहुत बारिश में उसने कैजुअल लीव ली थी और शाम को टैक्सी में टी-शाप गया था। वहाँ का एक खास व्यक्ति-वर्ग था। उसका एक दोस्त था जो सिर्फ 'कामू' पढ़ता था, 'कामू' बोलता था और आत्महत्या की बात आँखों में ऐसी चमक भर-कर करता था जैसे लोग अपनी सुहागरात के बारे में बताते वक्त करते हैं। एक और था जिसे घर जाने की हमेशा जल्दी रहती थी और हमेशा सबसे देर में पहुँचता था। उसे मोरारजी देसाई से चिढ़ थी और हर बात को वह देसाईवाद का विकृत रूप मानता था। तीसरा आदमी नाटा और बातूनी था। वह जरा-जरा सी बात पर उत्साहित हो जाता

था। जब वे लोग बात करते-करते थक जाते, वार्तालाप का धागा उसे पकड़ा देते, वह देर तक उससे खेलता रहता। उसका एक अन्य दोस्त 'बीट ग्रुप' से अनोखा तादात्म्य महसूस करता था और अजीबोगरीब कपड़े और बेतरतीब बालों में ऑर्लोवस्की, क्रीले की बात ऐसे करता, जैसे सुबह की डाक से ही उनके खत उसे मिले हों। जो उनमें सबसे छोटा और नया था, वह अक्सर चुप रहता था, इत्मीनान से चाय पीता और लगातार सड़क देखता रहता था। इस व्यक्ति-वर्ग के शौक गिने-चुने थे—बहुत देर तक चुप रहना, फिर बहुत बात करना और चाय पीना। पास बैठी अरुणा में उसे कोई आकर्षण नहीं दीख रहा था। वह देर तक उसे देखते उसकी कैंडिड स्टडी कर सकता था। वह काफी निश्चल बैठी थी—गोद में पर्स, पर्स पर हाथ रखे। वह कहीं नहीं देख रही थी, बाहर भी नहीं।

महज समय काटने के लिहाज से वह अनुमान लगाने लगा कि अरुणा इस समय क्या सोच रही होगी। शायद कॉलेज के काम, या अगली नई पिक्चर, या अपने आदर्श भाई साहब के बारे में जो नौ बजे से ही स्टेशन आ गये होंगे और देर होने पर घड़ी से नापकर दो घण्टे नाराज होंगे। उसे महसूस हुआ, लड़कियाँ काफी फ़्लैट बातें सोचती हैं। उसने अपनी बहन को काफी नजदीक से देखा था। उसे अपनी बहन कभी पर्याप्त रोचक नहीं लगी। बहन को चिट्ठी लिखते समय वह अन्तर्देशीय पत्र में ढाई इंच ऊपर और ढाई इंच जगह नीचे खाली छोड़ता था। बहन की कपड़े की पसन्द उसे बिल्कुल पसन्द नहीं थीं। घर जाने पर कभी वह उसके साथ बाहर जाने को तैयार होती तो वह उसकी तमाम साड़ियाँ 'रिजेक्ट कर देता। जब भी उसने बहन से गंभीर किस्म की कोई बात करनी चाही, उसने पाया, उसके दिमाग में सिर्फ पॉकेटमनी, शलवार, दुपट्टे और फिल्मी गीत भरे हैं।

बिना किसी उत्सुकता के उसने देखा, अरुणा हरे रंग की साड़ी और काला कार्डिगन पहने थी, जो उस पर बिल्कुल नहीं सज रहे थे।

यह यात्रा उसे फीकी लग रही थी। उसे बहुत चीजें फीकी लगती थीं। खाना, दवा, बियर, इन सबके वह तीखे पर्याय ईजाद करना चाहता था।

वह और उसके साथी अधिकतर साहित्य और राजनीति पर बहस करते थे। उन्होंने अक्सर और विषयों पर बात करनी चाही–जैसे सैक्स, औरत पर। उन्होंने पाया, बातें फिसलकर पटरी पर आ जातीं। औरत का महत्व उन्हें बस ऐसा लगता था जैसे आइसक्रीम; एन्जॉय करते ही विषय पिघल जाता और उसे जल्दी कन्ज्यूम कर लेना पड़ता। उसकी अपनी परेशानियाँ थीं पर उन परेशानियों का ताल्लुक बसों, दफ्तर और दोस्तों से था। उन लोगों ने 'कामू' को पढ़ना खत्म कर दिया था और 'आयनेस्को' और 'जैने' के बाद अब 'एडवर्ड एल्बी' पढ़ते थे। लोग उन्हें 'रूखी पीढ़ी के लोग' कहते थे, वे इसे काम्पलीमेंट के तौर पर लेते थे।

उसे इस बात की खुशी थी कि अरुणा बोल नहीं रही थी। उसे चुप रहना अच्छा लगता आया है। वह अपने घर में यानी मकान में घण्टों चुप बैठा रहता है।

उसने अरुणा से पूछा–'तुम घर कैसे जाओगी?'

'आप छोड़ आयेंगे', वह विश्वास से बोली, फिर जोड़ दिया–'प्लीज।' उसने कुछ नहीं कहा। इतनी रात में रेजिडेन्सी तक वह कतई नहीं जाना चाहता था। वैसे भी उसे किसी को छोड़ने जाने, रिसीव करने जाने से चिढ़ थी। बहुत सालों से उसके दिमाग में घर का स्वरूप धुंधला होता रहा जा था। वह घर का मतलब कमरा और कमरे का मतलब चारपाई समझने लगा था।

स्टेशन पर उतरने तक उसे लगा, अब वह जल्दी से अरुणा से नमस्ते कर घर चला जाना चाहता है। पर उसके आदर्श भाई साहब वहाँ कहीं नहीं थे।

'तुम्हारे भाई साहब काफी चिन्तित होकर चले गये होंगे।'

'अरे नहीं, वह तो मुझे ऐक्स्पेक्ट भी नहीं कर रहे होंगे। मैंने कहा था, मैं धार में मामाजी के यहाँ एक-दो दिन रुककर जाऊँगी।' अरुणा ऐसी निश्चिंतता से हँसी, जैसे दोपहर के बारह बजे हों।

'तो तुम उतर क्यों नहीं गयीं धार?'

'उस समय तक ग्यारह बज गए थे और मामाजी के यहाँ नौ बजे तक सब सो जाते हैं। मैंनें सोचा, छोड़ो और फिर आप घर पहुँचा ही देते।' अरुणा मुसकराते हुए अच्छी लगती थी। उसकी हँसी मुक्त थी। वही उसकी सबसे बड़ी विशेषता थी। अधिकतर लड़कियाँ सतत अभ्यास प्रयोग से अपनी मुसकराहट ट्रेजी-रोमाण्टिक बना लेती हैं।

वह सिगरेट का बहुत अन्दर तक कश खींचता हुआ बोला, 'टैक्सी ढूँढ़े?'

टैक्सी वालों ने मना कर दिया। रात में रेजिडेन्सी वे किसी कीमत पर नहीं जायेंगे। उनकी जिद है और टैक्सी वालों की जिद सामूहिक होती है।

उसे अब अरुणा खासा बवाल मालूम हो रही थी। उसे ठण्ड लग रही थी और वह सड़क पर अधिक समय बिताना रोचक नही मान रहा था, खासकर जब बीच यात्रा में दो घण्टे पहले भी वे सड़क पर थे। सर्दियों में सड़क रहस्यमय कम और त्रासमय ज्यादा हो जाती है।

सिगरेट खत्म कर उसने एक टैक्सी का दरवाजा खोला और अरुणा से बोला, 'बैठो। जिस सहज ढंग से अरुणा ने साथ चलना मंजूर कर लिया था, वह उसे अच्छा लगा। अरुणा चुप थी और चुप्पी हमेशा सुविधाजनक होती है।

अपने पीछे-पीछे अपनी अटैची स्वयं उठाए आती अरुणा उसे सही लग रही थी। उसे मोड़ पर पड़ी दो-एक ईंटों से अरुणा को आगाह करना पड़ा और सीढ़ियों पर दियासलाई जलानी पड़ी।

अरुणा ने समझदारी से घर की एक मात्र चारपाई पर सोने लायक तैयारी कर ली। गुसलखाने से आकर उसने कुछ नहीं माँगा, पानी भी नहीं। कमरे में उसकी उपस्थिति उसे उतनी ही सहज और अनाटकीय लग रही थी जितनी अपनी। अरुणा के वहाँ होने से उसे जरा भी असुविधा नहीं हो रही थी। इस बात का आश्चर्य उसे खुशी दे रहा था। इस नई उपस्थिति में उतनी भी असुविधा नहीं थी जितनी अकस्मात् माँ के उज्जैन से आ जाने पर होती थी। तब उसे जल्दी-जल्दी 'सेक्सोलाजी' और 'वुमन' की प्रतियाँ बिस्तर के नीचे डालनी पड़ती थीं, सीढ़ियों पर बल्ब लगाना पड़ता था और सिगरेट के टुकड़ों को कोट की जेब में जमा करते जाना होता था। वह कहाँ सोएगा, इस पर अरुणा ने कोई उत्सुकता नहीं दिखाई। उसने कहा, उसके पास यही एक कमरा है। अरुणा ने स्वीकार किया, इन्दौर में मकान की तंगी बढ़ती जा रही है।

वह दीवान पर दो में से एक तकिया लेकर चला गया। खिड़की खोलकर बत्ती बुझा दी। उसके पैर दीवान से नीचे लटक रहे थे, उसने टेढ़े कर चारपाई से टेक दिये।

यात्रा के बाद नींद बड़ी गहरी होती है, निश्चेष्ट। वैसी नींद नसों को एक-एक कर ढीला करती जाती है। कमरे में नींद थी, रजाई और कम्बल के नीचे। सिर्फ रोशनदान में कबूतर फड़फड़ा रहा था।

सुबह जब उसकी आँख खुली, उसने पाया, अरुणा ने बिस्तर समेटकर चारपाई के एक ओर तहा दिया था और मुँह धोकर मेकअप कर चुकी थी। उस समय उसके चेहरे पर उतनी ताजगी तो नहीं थी जितनी नहाने के बाद होती है, पर उतनी अवश्य थी जो सुबह के साढ़े

सात बजे भली लगे। वह सुन्दर नहीं थी पर उसके व्यक्तित्व में किसी भी कोण से उसका सुन्दर होना जरूरी नहीं था।

अटैची में तौलिया रखकर अरुणा ने जो मुद्रा बनाई, वह चलने की थी।

वह उसे छोड़ने बाहर नहीं निकला, क्योंकि उसे दफ्तर को देर हो जाती और वह अपनी कैजुअल लीव खत्म कर चुका था। उसकी नींद भी अभी पूरी नहीं हुई थी और वह आज बिना नहाये जाने की योजना बना रहा था। अब दिन पूरा निकल आया था और अरुणा ने कहा, जेल रोड उसकी जानी-पहचानी जगह है और बड़ी आसानी से वह टैक्सी ले लेगी। रात में हम थोड़े-थोड़े असमर्थ हो जाते हैं, दिन में फिर अपनी शक्तियाँ जेबों में भर हम चल पड़ते हैं।

अटैची उठाकर जाती हुई अरुणा उसे ऐसी लगी, जैसे टी-शॉप का उसका कोई दोस्त, या वह खुद, या कोई अन्य उछटा-सा परिचित। वह अपनी चारपाई पर पैर फैलाकर लेट गया।

♦♦♦

दो ज़रूरी चेहरे

भाई चुप रहे।

संकोच मुझे भी बहुत हुआ था। इस तरह खाने के बाद मैंने उनसे ज्यादातर आगामी फिल्म या पाठ्यक्रम में जरूरी अन्य पुस्तक के लिए अनुमति माँगी थी। वे खाने के बाद हल्के हो जाते थे, बेफिक्र । जिन बातों को मनवाना ही होता था, उन्हें मैं तब पूछती थी।

मुझे खाना खाना भारी पड़ा था। सूप पीते ही पेट भर गया था, पर मैं उनके सामने नॉर्मल रहना चाहती थी। होता यह था कि भाई कौर अपने मुँह में डालते थे, देखते मेरी प्लेट में। फिर कहते कुछ नहीं, धीरे-धीरे खाने की सब प्लेटें मेरी कुर्सी तक खिसका देते।

मैं सात दिन पहले अचानक बड़ी हो गयी थी। इन सात दिनों में मेरी समझ में नहीं आया था कि मैं घर में कैसे रहूँ । घर ही पता नहीं कैसा-कैसा हो गया था। एक कमरे से दूसरे में आती, और कुछ ढूँढ़ती-ढूँढ़ती तीसरी में चली जाती, फिर वहाँ से बालकनी में खड़ी देर तक झाँकती रहती बाहर। बोलती तो बातचीत में नौकर को रफीक कहने की बजाय 'श्या.....' कहते-कहते रुक जाती। दफ्तर से लौटने पर भाई के लिए दरवाजा खोलती और श्याम को न पाकर सुस्त हो जाती। फिर भाई की बातों पर आँखें जमीन, दीवार, फर्नीचर वगैरह पर टिकाकर हँसती और साथ में कहती, 'भाई, मैं जाऊँ जरा देर को?''

भाई बड़े अच्छे ! कभी नहीं पूछा, 'जाना कहाँ है।' बस इतना, 'खाना खाने के समय तक आ जाएगी?' मेरा रोज मन हुआ था भाई को बता दूँ। भाई के इधर-उधर देखा और चुप हो गयी। कोई भी तो नहीं, भाभी, भतीजा, जिसे कह दूँ पहले।

और श्याम ! उसने पहले दिन ही यों उघाड़ कर सामने रख दिया, 'ले देख, यह होता है लड़का और यह होती है लड़की और यह होता है रिश्ता ! मैं डर के मारे चीख भी नहीं पायी। खाली आँखों में यह रहस्योद्घाटन बैठ नहीं रहा था। श्याम झुँझला कर बोला, 'तू डरेगी ही डरेगी या प्यार भी करेगी। जिस्म है कि पानी!'

मुझे बुरा लगा था। आभास हुआ, उसने मेरी शान के खिलाफ कुछ कहा और मैं विरोध में कस गई थी उससे।

श्याम ने दूसरे दिन ही पूछा। पूछा भी कैसे!

'कल जो हुआ रोज हो तो !'

'उई, मैं मर जाऊँ, सच!' मेरी साँस वाकई रुकने लगी थी।

'मैं मरने नहीं दूँगा अब !'

मैंने कहा, 'पर लड़के तो कभी शादी नहीं करना चाहते ऐसे।'

श्याम बोला, 'मैं तो ऐसे ही करता जब भी करता, ऐसे ही करूँगा।'

मुझे ख्याल आया था तब, 'भाई।'

श्याम ने बाँह में समेटा और कॉफी पिलाने ले गया।

उसे शायद कभी महसूस नहीं हुआ कि हमारी पहचान कितनी नई है। इससे पहले हम एक दूसरे को नहीं के बराबर जानते थे। बल्कि एक बात यह भी थी कि श्याम का कहना था एक बार वह अपने दोस्त के साथ हमारे घर आया था और उस दिन मैंने उन लोगों को चाय ऑफर की थी। मुझे बिल्कुल याद नहीं था। वैसे कहीं भी न देखना मेरी आदत थी। सहेलियाँ और परिवार के लोगों के अतिरिक्त मुझे बहुत कम

व्यक्तियों के चेहरे याद थे। श्याम को यह भी याद था, मैंने उस रोज बाल धोये थे और खुले बालों से ही मैं ड्रॉइंग-रूम में आ गयी थी। मेरे अलावा श्याम को हमारे घर में सब कुछ बड़ा भिंचा-भिंचा लगा था। उसे भाई कतई पसन्द नहीं आये और उसने नीचे उतर कर अपने दोस्त से कहा था, 'ऐसे और कितने वाकिफ हैं तुम्हारे ?'

लम्बा चौड़ा श्याम मुझसे एक फुट ऊँचा निकलता। उसके सामने मैं अपने को बहुत छोटा पाती। मैंने एक दिन ऊँची एड़ी की चप्पल पहनी, तो बालूजा में ले गया, एकदम चपटी ग्रे रंग की चप्पल मेरे पाँव में डलवायी और जब सेल्समैन ने पूछा, 'ये पैक करूँ पुरानी?' तो 'रहने दो' कह कर मुझे बाँह में समेट बाहर आ गया।

श्याम ऐसा कि न कुतुब जाये, न इण्डिया गेट, न जन्तर-मन्तर और न पुराना किला, बस सड़कों पर साथ भटकते-भटकते रुक जाये, 'मुझसे अब बर्दाश्त नहीं होता!' उसका कहना और मेरा डर एक साथ कूदकर हमसे चिपक जाते और फिर श्याम झल्लाना शुरू कर देता।

मैंने उससे कहा, ''मैं तो घर पर नहीं कह सकती यह!'

उसका सीधा जवाब, 'तो बिना कहे आ जाओ।'

मेरा डर आँखों में डबडबाकर अब निकले, अब निकले!

श्याम ने सुझाया, 'अच्छा, मैं कहूँ!'

मैं भाई को जानती थी। मेरे अलावा किसी और से सुनते, तो उसे जेल न भिजवाते, नौकर से बाहर न निकालते, बस ऐसी हिकारत से देखते कि वह सोचता वह किसी गलत घर में तो नहीं आ गया। फिर तीन-चार दिन बाद कभी मुझसे जिक्र करते हुए कहते, 'कैसे-केसे लोग हैं मिन्ना, देखा!' और मुझे मैटिनी के लिए तैयार होने को कह देते।

दफ्तर से बाहर भाई ने मुझे छोड़ शायद ही किसी को गंभीरता से लिया हो। सबकी बातें उनके ऊपर से गुजर जातीं। मैं होती, तो मेरी तरफ देखते, 'डील विद इट', न होती कहते, 'अच्छा देखेंगे।'

श्याम ने कहा, 'तुम अपने भाई को 'ग्लास विद केयर' की तरह रखती हो क्या? मैं बात करूँ 'इफ ही इज़ ऐ मैन!'

मैंने इतनी जोर से सिर हिलाया कि सारे बाल बिखर गये, 'प्लीज न, अच्छा मैं आज कर लूँगी, डेफिनिट।'

श्याम इस बीच बम्बई आया; उसके किसी दोस्त ने खुदकुशी कर ली थी और उसकी जेब में एकमात्र पता श्याम का था। श्याम को मैने पहली बार दुखी देखा था और मुझे दहशत हुई थी कि दुख उसे इतना जड़ बना कर डाल देता है। वह 'गुफा' में जोर-जोर से प्याले पर चम्मच बजाता रहा था और हर बार मेरी आँखें भिंच जातीं थीं। वैसे यह काफी अजीब था, क्योंकि आम तौर पर श्याम को सन्नाटा पसन्द था। मेरे साथ बैठकर वह किसी आवाज को बर्दाश्त नहीं कर सकता था। इसलिए 'गुफा', उसे सबसे अधिक पसन्द थी। उसके अनुसार दिल्ली में और कहीं एकान्त पाना असंभव था। इस समय वहाँ कोई भी नहीं था और 'गुफा ' खाली दफ्तर-सी उजाड़ लग रही थी। श्याम उस दिन मेरे जिस्म से सटा नहीं था और रात में ही चला गया था।

आज वह लौटा तो और भी अकेला व बेसब्र होकर। आते ही उसने कहा, 'पूछा?'

मैंने गर्दन हिला दी।

वह चिढ़ा 'मुझे परेशान न किया करो मिनाती। मैं इतनी बड़ी निराशा से लौटा हूँ तुम मुझे यह खुशी भी नहीं दे सकती?'

मैं शर्मिन्दा हो गयी और मैंने बताया था, 'भाई दफ्तर में व्यस्त थे, मैं उन्हें डिस्टर्ब नहीं करना चाहती थी।'

'तुम मुझे डिस्टर्ब करती हो वह !'

मैंने अपना डर बताया, 'भाई अगर....!'

भाई अगर जरा भी आना-कानी करें, तो पहनना अपनी चप्पल और जीना उतर आना, समझीं। मेरा पता है 3/23...नगर।'

मुझे श्याम खूँख्वार लगा था और मैं बिना कॉफी पिये आ गयी थी।

यह थी आज की शाम !

भाई आज भी हर दिन की तरह आराम से बैठे थे, पैर फैलाये।

मैंने अपनी भाषा को कभी इतना कमजोर नहीं पाया। जब किसी तरह वाक्य नहीं बना, मैंने सीधे कह दिया, 'भाई श्याम हमसे शादी करेंगे।' भाई की आँखें चौंकी फिर चुप हो गयीं। उन्होंने मुझे अच्छी तरह देखा और देखते रहे। इससे पहले उनकी आँखें मैंने कभी नहीं देखी थीं। मौका ही नहीं पड़ा। मचलती, ठुनकती मैं, भाई से न कभी लाड़ लेती न लताड़। भाई बोलते भी नहीं थे। किसी दिन मुझे कम अच्छी सलवार कमीज पहने देखते, तो मैं पाती अगले हफ्ते मेरी वार्डरोब में एक दर्जन सलवार कमीज के कपड़े ठुँसे हुए पड़े हैं। कभी पढ़ते-पढ़ते सो जाती, तो दूसरी रात देखती रफीक कॉफी का प्याला लिये सामने खड़ा है कि 'साहब ने भेजा है।'

भाई बोलते बहुत कम। मैंने उन्हें कभी एक साथ पन्द्रह-बीस वाक्य बोलते नहीं सुना। ममी बताती थीं पहले भाई बड़े ऊँचे-ऊँचे हँसते थे। उनकी हँसी से पड़ोसी जग जाते थे, पर दो साल पहले तेरह दिसम्बर को बोइंग प्लेन क्या गिरा, भाई गूँगे हो गये। उसके आगे, तो बस यह हुआ, दो छोटी-छोटी गठरियाँ हवाई अधिकारियों ने भाई को पकड़ा दीं कि 'आप अन्तिम संस्कार कर लें इनका।' भाई ने घर आकर नौकर से सारे अलबम जलवा दिये, बेडरूम से भगवान की मूर्ति जमुना में फिंकवायी और पिण्टू की स्कूल की सारी किताबें चौकीदार को देकर ममी को छोटी-सी चिट्ठी लिखी।

ममी ने खूब रोते हुए मुझे ट्रेन में बिठाया, 'भाई का मन लगाना, यह नहीं कि सहेलियाँ बनाकर फक्के मारती घूमो।'

भाभी के समय मैं कभी दिल्ली आकर नहीं रही थी। उन्हें, बस शादी में और उसके बाद दस-पन्द्रह दिन को देखा था। इतना भर याद

था कि उन दिनों मैं भाई के कमरे में कभी कूदती-कूदती पहुँच जाती थी, तो भाभी भागकर बाथरूम में घुस जाती थीं और भाई अचकचा कर बैठते हुए पूछते थे, 'स्कूल से आ गयी?' घर में उन्हें देखने बहुत से लोग आते थे। भाभी उनके पैर छूतीं, तो ममी खूब हँसती थीं, हमारी बहू को पैर भी छूना नही आता।

मैं सहमी-सहमी भाई के पास आयी थी। मेरे आने के दिन घर में कोई परिवर्तन नहीं हुआ। स्टेशन पर नौकर और ड्राइवर आये थे। घर पहुँचकर मैं भाई के कमरे में गयी तो बोले, 'आ गयी, अच्छा, तेरा कमरा वहाँ है बायें।'

फिर शाम को पूछा था, 'तू घर में अकेली सोती थी न !'

भाई ने कई दिनों तक मेरे साथ टेबिल पर खाना नहीं खाया। चिबिर-चिबिर इतना बोलने वाली मैं, यहाँ आकर ऐसी चुप हो गयी कि खाँसी आती, तो कमरे का दरवाजा बन्द करके खाँसती और दिन भर 'विक्स' की गोली दबाये रहती गाल में। कॉलेज से लौटकर अक्सर कहीं नहीं जाती, बस अपने कमरे में कभी नया वॉल-पेपर चिपकाती, कभी रैक की सब किताबें पलट कर जमाती, कभी वार्डरोब तहाती और ज्यादातर बस बैठी रहती बिस्तर पर 'डैनिस रॉबिन्स' या 'मेरी कॉरेली' लिये।

भाई एक दिन बोले, 'कहीं जाया कर घूमने।'

मैंने कहा, 'मन नहीं होता।'

एक-दो बार जब भाई अपने कमरे में बैठे हुए थे, मैंने जाकर देखा। भाई वैसे ही बैठे रहे और कॉफी आने पर अपने प्याले में मुझे बना कर दे दी।

भाई पूछते, 'पढ़ाई?'

'ठीक!'

मेरे और भाई के बीच की बर्फ धीरे-धीरे कच्ची होती गई। 'ओल्ड विक' के नाटक शहर में आये, तो मैंने कहा, 'हमारे कोर्स में हैं, आप चलेंगे?'

भाई चुप रहे।

अगले दिन उन्होंने हर नाटक के दो-दो टिकट मँगा लिये। 'एज यू लाइक इट' देखते समय मैंने पहली बार भाई को मुस्कराते देखा। फिर 'मिडसमर नाइट्स ड्रीम' में तो हँसे भी। घर लौटते समय भाई ने मुझे एक हाथ से भींचा तो मैं कबूतर के पंख जैसी हल्की हो गयी। और अपने इन्हीं भाई को मैंने चौंका दिया था।

भाई मुझे लगातार देख रहे थे।

मैं सकपका गयी, 'आई मीन....मैं बताती हूँ...यह....।'

भाई ने मेरा हाथ पकड़ कर छोड़ दिया।

मैंने स्लीवलेस कमीज पहन रखी थी। मुझे सर्दी महसूस हुई और मैंने दुपट्टा अच्छी तरह बाँहों पर लपेट लिया। भाई काफी देर बाद बोले, 'कब करेगा?'

मैंने कहा, 'पता नहीं, यह सब आप पर होगा भाई।'

भाई हँसे, 'कब कहा श्याम ने?'

मैं कैसे कहती श्याम से मेरा परिचय सिर्फ सात दिन पुराना था। सात दिन पहले वह मेरे लिए महज नाम था, भाई के परिचितों में एक। दो-एक बार विश्वविद्यालय की लाइब्रेरी में देखा था और तब सिर्फ यह सोचा था कि यह आदमी कितना 'लकी' है, ऊपर के रैकवाली किताबों तक भी पहुँच जाता है।

मैने गोलमोल किया, 'वे शुरू से कह रहे हैं!'

'हूँ, उसकी शादी नहीं हुई अभी तक?'

जाहिर है, मैंने सोचा और चुप रही।

भाई बोले, 'तुम उसे जानती हो न ! मैं बिलकुल नहीं जानता। मेरे एक वाकिफ का वाकिफ है वह।'

मैंने कहा, मैं उसे जानती हूँ।

भाई बोले, 'अच्छा यह तुम्हारा पढ़ने का वक्त है, रफीक से कहना कॉफी देगा।'

मैं असन्तुष्ट-सी उठी।

मुझे उत्तर नही मिला था। मैं जानती थी 'गुफा' में कल फिर जवाबदेही होगी और वह लम्बा-चौड़ा श्याम बर्दाश्त खोकर कहेगा, 'ठीक है, मैं घर चलूंगा अभी तुम्हारे साथ।'

घर से आध फर्लांग दूर ही मैं श्याम के स्कूटर से उतर जाती थी। मुझे हर तरफ से खौफ खाता, 'देर' 'पढ़ाई' 'लोग', 'भाई', 'ठण्ड'। कभी-कभी कनॉटप्लेस में घूमते समय मेरी हथेलियाँ ठण्डी पड़ जातीं, 'भाई यहाँ इस समय जरूर आ सकते हैं।'

श्याम बाँह में समेट मुझे डिफेन्स कालोनी ले जाता। मैं वहाँ हजार बार ठिठकती, 'भाई यहाँ अपने दोस्तों से मिलने....'

श्याम खीझ जाता, 'यह भाई दो-दो जगह एक साथ कैसे आ सकते हैं!'

शनिवार को श्याम कहता, 'आगरा चलें!'

मैं जहाँ-की तहाँ रुक जाती।

श्याम भाई से सिर्फ साढ़े तीन बार मिला था। उसका कहना था कि इनमें से तीन बार भाई ने 'हेलो कैसे हैं,' 'नमस्ते', 'आई सी', के अलावा अपनी किसी शब्दावली का परिचय नहीं दिया था और साढ़े तीनवीं बार उनकी कार गुजर रही थी, तो श्याम ने हाथ हिलाया था और उन्होंने उत्तर में हाथ नहीं हिलाया। श्याम कॉफी के साथ-साथ कभी पूछता, 'अंग्रेज उन्हें कैसे छोड़ गये?'

श्याम को पता था भाई पर क्या हादसा गुजरा है पर उसका कहना था, बहुत हो चुका सोक, आदमी को कभी तो नॉर्मल हो जाना चाहिए। भाई सब नॉर्मल है। ऐसे निर्णय में भाई क्या महत्व रखते हैं यह श्याम को समझाया नहीं जा सकता था। उसके अनुसार उसे मैंने जाना है, महसूस किया है, भाई उस पर कोई भी राय कैसे बना सकते हैं! वह जिद करता, 'तुम्हें लेकर मैं तो अपने सिवा किसी को कन्सल्ट नहीं कर सकता।'

जब वह ऐसे कहता मैं और भी असहाय हो जाती। इस समय मैं भाई से कैसे कहती कि अब कोई वक्त मेरे पढ़ने का वक्त नहीं रहा है।

दूसरे दिन मैं 'गुफा' गयी, तो श्याम हस्बेमामूल बाहर खड़ा इन्तजार कर रहा था। जितनी बार मैं श्याम को देखती मुझे महसूस होता, मेरा कद रात भर में एक इंच और कम हो गया है। उसको देखने के लिए मुझे सिर हल्का-सा उठाना पड़ता था और मुझे यह बहुत अच्छा लगता था। जैसे आकाश देख रही हूँ। श्याम बड़े प्यार से हँसता था और फिर आधा हँसता, आधा समेटता मुझे 'गुफा' में ले जाता।

मैंने उससे कहा, 'आध घण्टे की मोहलत दे दो, कुछ शॉपिंग करनी है।'

'चलो मैं साथ चलता हूँ।' वह तैयार हो गया।

मैंने दाँत भींचकर कहा, 'लोग', और खड़ी हो गयी।

उसने कहा, 'गुफा ही हमारी नियति है। मैं एक पुख्ता सा गटर खरीद लूँगा जैसा 'शहर और सपना' में है। उसमें मजे से पड़े रहा करेंगे, लोग-वाग भाई-वाई सब से मुक्ति।'

मैंने याद दिलाया, 'दूकानें सात बजे बन्द हो जाती हैं।'

श्याम नाराज हो गया, 'तुम शॉपिंग करने आयी हो या मुझसे मिलने! दरअसल तुम मुझे अपनी शॉपिंग का एक आइटम समझती हो।

फिर पौने आठ बज जायेंगे, और आठ बजे तुम्हारे अंग्रेज भाई डिनर लेते हैं !'

मैं रोने-रोने को हो आयी।

श्याम ने बहुत प्यार से मुझे समेटा और 'गुफा' में ले गया !

भाई का जन्म दिन था कल। मैं उनके लिए ढेर से मोजे व रूमाल लेना चाहती थी।

श्याम मुझ पर लगभग झुका हुआ था। मैं संकोच में सिकुड़ी तो बोला, 'मुझसे!'

मैं और सिकुड़ गयी।

उसने कहा, 'किसी दिन मैं तुम्हें आकांक्षा से भकभका कर जलते देखना चाहता हूँ। मेरा मन होता है किसी दिन मैं 'गुफा' के बाहर होऊँ और तुम पानवाले, स्कूटरवाले, गजरेवाले वगैरह-वगैरह की फिक्र किये बगैर आकर लिपट जाओ। मुझसे, यों....' और मैंने बड़ी मुश्किल से अपने को छुड़ाया।

जैसे-जैसे दिन बीत रहे थे, मुझे श्याम से डर लगने लगा था। पर यह ऐसा डर था, जिसका सामना करने मैं रोज पहुँच जाती थी और जाये बिना अजीब फीकेपन में दिन बिताती।

रोज की तरह श्याम ने पूछा, 'अभी कितने दिन हैं हमारे इकट्ठे रहने में !'

'दो साल,' मैंने फिर कह दिया।

'कम नहीं होते?'

'न'।

'कम होंगे भी नहीं जब तक तुम भाई से कह नहीं देतीं', श्याम सुस्त हो गया।

मैंने धीरे-से याद दिलाया, 'देर हो रही है।'

श्याम जिद में आ गया, 'किसी को नहीं जाना घर।'

'हाय !'

'अब से मैं तुम्हें जाने नहीं दिया करूँगा जब तक मेरी नींद का टाइम न हो जाये। तुम जाकर अपने उस 'टाइट लिप्ड' भाई में व्यस्त हो जाती हो, मैं बिल्कुल खाली हो जाता हूँ। फिर मुझे कॉफी अच्छी नहीं लगती, सिगरेट भी नहीं।'

पर श्याम ऐसा कहने के साथ ही उठ गया।

वह अपनी इन्टेंसिटी अपने में ही भींच कर, खुद सबसे ज्यादा यंत्रणा झेलता था। जहाँ श्याम छूता था, वहाँ अजीब-सा दर्द होता रहता, जब तक किसी और जगह वैसा दर्द शुरू न हो जाता।

श्याम कहता, 'कद का कोई खास फर्क तो नहीं पड़ेगा? मुझे तो नहीं पड़ता।'

मैं पानी-पानी हो जाती।

श्याम कहता, 'मैं तुम पर निबन्ध लिखना चाहता हूँ, जैसे बच्चे गाय पर लिखते हैं, शुरू करूँ–मिन्ना पाँच फुट की प्यारी-सी लड़की है। मिन्ना अपने होठों से बोलने का काम नहीं लेती, सिर्फ हँसती है या रोती है। मिन्ना मुलायम है।'

पहले ममी के घर और फिर भाई के यहाँ मुझे सबने बहुत छोटा माना था और इस वजह से मैंने क्लास में हमेशा फबतियाँ सुनी थीं। कॉलेज के फिश-पॉण्ड में लड़कों ने मुझे 'लॉली पॉप' और 'लॉल रिबन' दिया था।

श्याम ने पता नहीं कैसे, कहाँ छू दिया कि बचपन यह जा और वह जा। और तो और, अब मैं कूद-कूद कर एक बार में दो सीढ़ियाँ भी नहीं उतरती थी। चलते समय कपड़ों के भीतर अपने ही अंगों की गर्मी महसूस कर मैं लाल हो जाती। जब श्याम मिलता, बस यह जलती इच्छा

होती कि अब यह कहीं न देखे, यों ही बैठा रहे, अपनी तीखी प्रोफाइल में।

मुझे कॉलेज जाना होता था। कभी-कभी सुबह कॉलेज के गेट पर पहुँचती, तो देखती, श्याम खड़ा है, दफ्तर से कैजुअल लीव और चेहरे पर मुस्कराहट लिये। मन एक साथ तरंग से उछलता और दहशत से दहल जाता।

'कोजी नुक' के सबसे अँधेरे कोने में हम घण्टों बैठे रहते, बिना एक शब्द बोले। कभी हथेलियाँ बोलतीं, कभी पाँव, कभी कन्धे और कभी देह का एक पूरा हिस्सा। श्याम बिल देखने के लिए भी लैम्प जलाना गवारा न करता। हम यह सोच कर बाहर निकलते कि इस समय भीड़ नहीं होगी। भीड़ के आगे मैं स्वयं को अरक्षित पाती, 'यहाँ नहीं, यहाँ बिल्कुल नहीं।'

मैंने बहुत बार कहा भी, 'तुम इतनी छुट्टी लेते हो, दफ्तर में कोई नाराज नहीं होता?'

श्याम हँसा, 'दफ्तर में कई तरह की छुट्टी होती है कैजुअल, सिक, अर्न्ड।'

'तुम कौन-सी छुट्टी पर हो आज ?' मैं पूछती।

'कोर्टशिप लीव।'

मुझे कान तक दहका देने में मजा आता था श्याम को। श्याम की अजीब-अजीब जिद होती छुट्टी लेकर। घर चलने की जिद भी उनमें से एक थी। मुझे वहाँ जाना हमेशा गलत-गलत महसूस होता। वक्त बेवक्त सड़कों पर फिरने में कभी नहीं लगा कि यह अनुचित है, पर उसके घर की तरफ पाँव मुड़ते ही ऐसा महसूस होने लगता।

जिस अकेलेपन का, श्याम दफ्तर से छुट्टी लेकर प्रबन्ध करता था, प्रिय होते हुए भी वह अकेलापन मैं भोग नहीं पाती। लाख बहाने बना

कर मैं बाहर निकलने को छटपटाती और घर पहुँचकर अपनी ही प्यास से बौरा जाती।

पढ़ाई की किताबों में रखकर मैंने कभी श्याम के खत नहीं पढ़े, पर किताबों में लिखे अक्षर कैसे अचानक गायब हो जाते हैं, यह देख लिया। ये वे दिन थे, जब मुझे पढ़ने में पूरी तरह जुटा होना था, पर मैं किसी तरह सुबह और दोपहर कॉलेज में बिता कर शाम का इन्तजार शुरू कर देती। श्याम चिढ़ाता था, 'क्या किया तुमने दिन भर?' और मेरे कुछ कहने के पहले कहता, 'ट्यूटोरियल लिखा होगा या 'गेस पेपर' बनाया?'

मेरे लिए चीजों की अनिवार्यता खत्म हो गयी थी।

इस बार 'गुफा गयी तो वहाँ का अँधेरा ज्यादा गहरा लगा। बाहर की रोशनी से उसमें अन्दर जाते समय कुछ न सूझा, बस श्याम के सहारे किसी तरह मेज तक पहुँच गयी।

मैंने कहा, मुझसे यहाँ बैठा नहीं जा रहा।

श्याम शरारत से मुस्कराया, 'घर चलें।'

मैं डर गयी, 'नहीं, मैं एक ही मेज से, उसी-उसी अँधेरे से थक गयी हूँ।

'और कल को तुम उसी-उसी प्यार से, उसी-उसी श्याम से थक गयीं तो! लेट मी टेल यू, प्यार एक-सा ही होता है, अगर एक ही व्यक्ति का है तो ! थक तो नहीं जाओगी उससे !'

'तब तो अपने से भी थक जाऊँगी !' मैंने कहा और हम उठकर बाहर आ गये।

हम कनॉटप्लेस के पीछे की गलियों में घूम रहे थे। पीछे की गलियों को देखकर कोई नहीं सोच सकता था कि आगे इतनी भीड़ और इतना शोर होगा, जिसे आम भाषा में रौनक कहते हैं। वहाँ ज्यादातर नौकरों,

शोहदों की आवाजें थीं, पर भीड़ नहीं थी। हमें एकान्त की जरूरत थी, चाहे वह एकान्त शमशान का ही क्यों न हो। पीछे से कनॉटप्लेस बेडौल नजर आ रहा था। कनॉटप्लेस से वे खम्भे हटा लिये जायँ और वह गोलाई छीन ली जाय, तो कनॉटप्लेस और इमली बाजार में ज्यादा फर्क न रहे। हर खूबसूरत दुकान का बदसूरत पिछवाड़ा यहाँ था और हम कभी फुटपाथ पर चढ़ते, कभी उतरते चले जा रहे थे।

जैसे-जैसे अंधेरा घिर रहा था, श्याम की जिद ज्यादा होती जा रही थी कि मैं घर चलूँ।

मैने उससे कह दिया मैं अब उसके घर कभी नहीं आऊँगी।

'क्यों?'

'बस!'

'देखो तुम्हें बुला सके, ऐसा मेरे यहाँ और कोई नहीं है। मेरे ही कहने पर एक दिन तुम्हें आ जाना है और फिर वापस नहीं जाना है, समझी।'

मैंने श्याम को याद दिलाया कि मुझे वैसे ही नहीं आ जाना है, भाई अभी हैं।

'जानता हूँ मिन्ना, पर मैं भी हूँ और अभी से हूँ, मैं क्या करूँ?' इस तरह कन्धों से मुझे पकड़ लेना श्याम की आदत बन चुकी थी।

'बर्दाश्त !' मैंने कहा और श्याम की ओर देखा। यह एक शब्द जिससे श्याम को सख्त चिढ़ थी और जिसमें मेरा गहरा विश्वास। हर नाजुक मौके पर मैं श्याम को अपनी स्थितिं का आभास इसी शब्द से कराती थी और श्याम झुंझलाता-झुंझलाता खुद से लड़ पड़ता।

'अगर मुझे बर्दाश्त ही करना है, तो चलो, बस स्टॉप पर चलें,' श्याम मेरे साथ वापस मुड़ लिया। श्याम इतना अच्छा, कि बेसब्र-से-बेसब्र क्षणों में भी वह सारी क्रूरता अपने प्रति करता। उसकी बेसब्री के आगे मैंने अपने को अक्सर असहाय जरूर पाया, अरक्षित नहीं।

जब से भाई को पता चला था, वे रात का खाना अकेले खा लेते थे। मैं देर होने पर अफसोस से देखती, तो वे बड़े प्यार से टाल देते। लौटने पर पता नहीं क्यों मेरा मन होता मैं देर तक भाई को देखती रहूँ। खाली कमरों में घुसते वे मुझे अतिरिक्त अकेले महसूस होते। मैंने कभी भाई को यों अकेला करना नहीं चाहा था, पर मैं लौट कर भी इस घर की नहीं हो पाती थी।

श्याम ने सुझाव दिया कि भाई को किसी क्लब का सदस्य हो जाना चाहिये।

क्लब को अपने पर्याय के रूप में भाई को देना मेरे लिए सम्भव नहीं था। बहुत बार भाई के आगे मैं स्वयं को अपराधी पाती। भाई ने अपने को बाहर से इतना बचाकर रखा था कि उनके लिए सुझाव भी मुझे क्रूर लगते। मैं जानती थी भाई अपने सारे परिचय ड्रॉप कर चुके हैं। दफ्तर के बाद वे ज्यादातर कोई किताब पढ़ते और बहुत बार तो मैंने देखा था, पढ़ते भी नहीं थे, किताब खोल कर बैठे रहते थे, बिना कहीं भी देखते। मुझे उस दिन का खौफ था, जब भाई रिटायर होंगे। यह तय था भाई यह घर छोड़ कर कहीं नहीं जायेंगे और यहाँ मैंने नौकर, ड्राइवर, डाकिया, चपरासी और अपने अलावा बहुत कम किसी को आते देखा था।

श्याम किसी तरह मान नहीं रहा था। उसने कहा, 'मैं अब और इस बेहूदी जगह पर नहीं आ सकता। जब मैं तुम्हें देखना चाहता हूँ तो, सिर्फ तुम्हें ! यहाँ मुझे बैरा देखना पड़ता है, सामने की मेज पर बैठे लोग देखने पड़ते हैं, घड़ी देखनी पड़ती है।'

'तो?'

'घर !'

'न।'

'हाँ !'

उसने हाँ ऐसे कहा कि मैंने अपने को स्कूटर के पीछे बैठे पाया।

बहुत दिनों बाद मैं यहाँ आयी थी। कमरा वही था, वैसे ही। श्याम ने जूते उतारे, स्लीपरें पहनीं और दरवाजे तक गया।

मैं डरी, 'नहीं!'

उसने दरवाजा आधा बन्द किया और हँसकर वापस खाट पर बैठ गया।

मुझसे कोई बात नहीं हो रही थी।

श्याम ने पहचाना, 'मुझसे डरती हो, इतना! '

'मुझे औरों से डर लगता है,' मैंने कहा।

'नहीं, तुम अपने से डरती हो।'

मुझे श्याम बहुत बड़ा लग रहा था और वह किसी भी क्षण मुझे लड़की से खिलौना बना सकता था। मैं उसे खुद छू रही थी और जैसे ही वह उस स्पर्श को पूरा करने लगता, में अपने में सिमट जाती।

श्याम ने कहा, 'हम अब घर भी नहीं आयेंगे। यहाँ, वहाँ से ज्यादा बर्दाश्त करना पड़ता है।'

दरवाजा खोलने के लिए ही मेरी निगाह दरवाजे के पीछे हल्के भूरे रंग के सिगरेट के टुकड़ों पर पड़ी। इतनी तादाद में अब तक चीटिंयों के अलावा मैंने कोई चीज नहीं देखी थी।

'ये सब ?'

'हाँ, और तुम यह मत कहना कि न पिऊँ। नहीं तो तुम्हें इस कमरे से बाहर जाने का हक नहीं होगा।'

'और भाई !' मैंने कहा और अटक गयी।

श्याम ने कह दिया, 'एक साथ दो जिन्दगियाँ प्लान नहीं हो सकतीं, तुम भाई की जिन्दगी प्लॉन कर लो या अपनी।'

भाई के साथ मैं किसी भी बात में हड़बड़ी नहीं कर सकती थी। उनका ढंग ही कुछ ऐसा था कि जल्दबाजी उनके प्रति क्रूरता लगती। मैं तो सिनेमा जाते समय भी उनसे जिद्द नहीं कर सकती थी, फिर यह तो मेरे ही जाने की बात थी।

श्याम एकदम विपरीत था। जो सोचता उसे उसी दम पूरा हुआ देखना चाहता। सबसे अधिक मुसीबत इसलिए मेरी थी। श्याम की बेसब्री महसूस कर जो गुमान होता, घर आते ही उदासी में बदल जाता। ज्यादातर भाई बरामदे में मिलते, बिना किताब या अखबार के। मेरे आने पर वे कमरे में जाकर समाचार सुनने लगते।

ममी ने यह अच्छा ही किया था कि जब से मैं यहाँ आयी थी, मुझे एक बार भी बुलाया नहीं था। बस एक बार खुद ही आयीं, पन्द्रह दिनों को। मुझे डर था कि भाई अगर ममी को बतायेंगे, ममी भड़क न जायें। श्याम के बारे में उसके सरनेम के अलावा मैं बहुत कम जानती थी। सवाल पूछने की क्षमता ममी में कितनी है, यह भी पता था। पर भाई ने ममी को ऐसे कहा कि मैं सोच भी नहीं सकती थी। उन्होंने कह दिया कि मेरे लिए एक लड़का तलाश किया है उन्होंने, जब भी चाहेंगी बातें तय हो जायेंगी। ममी ने बात टाल-सी दी, कि अभी मिनाती छोटी है, उसकी सब बहनों ने कम-से-कम एम0 ए0 किया है। इन सब बातों के लिए बहुत समय पड़ा है।

जिन लोगों की उपस्थिति भाई को डिस्टर्ब नहीं करती, उनसे भाई कभी तंग नहीं होते। वे ज्यादा आवाज बर्दाश्त नहीं कर सकते थे। ममी आयी थीं, तो बस बिनाई करती रहीं, बल्कि कभी-कभी मुझे लगता था कि ममी सिर्फ स्वेटर बिनने के लिए दिल्ली आयी हैं। ममी की बहुत परवाह करते थे भाई। वैसे उन्हें ज्यादा बात करते मैंने कभी नहीं देखा। अक्सर बातें शहर, मकान, बहनों या मुझ तक सीमित होतीं। बस एक बार बीमे पालिसी की किसी चर्चा पर मैंने देखा, ममी रो रही थीं और

भाई कुर्सी से सिर टिकाये, इतने चुप, इतने उदास थे कि घण्टों उस कमरे में जाने की हिम्मत नहीं हुई मेरी।

दफ्तर से आकर भाई चाय पीते हुये बैठे रहते ममी के साथ। ममी कभी दो एक बार उनके आगे बिस्किट या तली हुई मूँग की दाल की प्लेट करतीं, तो मुस्करा कर न कर देते। जितने दिन ममी घर में रहीं, रसोईं से अण्डा और प्याज गायब रहे। उनके आगे भाई ने अपनी आदतें इस तरह बदल लीं कि जाते समय ममी को यह अन्दाजा रहा कि भाई एक तरह से ठीक ही हैं और दफ्तर वगैरह में व्यस्त रह लेते हैं। उनके जाते ही भाई के चेहरे पर वही खालीपन आ गया और हम दोनों देर तक, साथ बैठे रहे उस दिन।

बार-बार भाई ने सिर्फ एक तर्क सामने रखा, पढ़ाई बीच में न छूटे तो अच्छा है। चाहती मैं भी यह थी और भाई के आगे पूरी तरह सहमत हो जाती, पर श्याम को देखते ही मन सारी चीजें उलाँककर उससे लिपट जाता।

श्याम ने साफ कह दिया, 'परीक्षा जैसी घटिया चीज की वजह से तुम दूर रहो मुझे कतई गवारा नहीं। तुम्हारे बी0 ए0 करने न करने से कोई फर्क नहीं पड़ेगा।'

मैंने धीरे-से कहा, 'पर पढ़ाई पूरी हो जायगी।'

'पढ़ाई डी0 लिट0 करने पर भी पूरी नहीं होती। किसने कहा पूरी हो जायेगी। एक ख्वामख्वाह-सी चीज के लिए मुझे भी सताना, खुद भी सताये जाना। दरअसल तुम भी यह नहीं चाहतीं, तुम महज भाई को दोहराती हो।'

श्याम की ऐसी बात मुझे चुभ जाती थी। पता नहीं क्यों वह भाई के प्रति नरम नहीं हो पाता था। उसके बजाय किसी और ने यह बात कही होती, तो मैं कभी न बोलती उससे, पर जिस बेसब्री में श्याम यह कहता वह भी मैं ही जानती थी।

इस बीच भाई और श्याम की कोई मुलाकात नहीं हुई थी। उन दोनों के बीच सूत्र सिर्फ मैं थी। यह आश्चर्यजनक था कि भाई बातों में

कभी श्याम को नहीं लाते थे। वैसे यह सुविधाजनक था, क्योंकि भाई के मुँह में श्याम का नाम आते ही मेरी आँखों के आगे से भाई अनुपस्थित हो जाते और श्याम के सैकड़ों चित्र सामने दौड़ जाते। मुझे लौटने में देर हो जाती, भाई कहते : 'मिन्ना, तेरी पढ़ाई 'सफर' करती है रे !'

'पढ़ाई पूरी हो जाये, तो अच्छा हो,' यह बात वे मुझे अकेला बैठे देखकर कहते और देर तक के लिए चुप हो जाते।

फिर भाई को फ्लू हो गया। बुखार उन्हें कुल चार दिन आया, पर पता नहीं कैसे पैर इतने कमजोर हो गये कि उन्हें लम्बी छुट्टी लेनी पड़ी।

भाई को यों बरामदे में शाल से पाँव ढक कर बैठे देख मेरे पैर बाहर जाने को नहीं उठते। वे आँखें मूँद घण्टों बैठे रहते। मैं बीच-बीच में विटामिन, फल या दूध लाती, तो इतने प्यार से देखते, कि मैं हिल जाती। मन में अजीब किस्म का दर्द रहता जैसा रुलाई रोकने पर होता है।

श्याम ने एक दिन फैसला सुनाया, 'भाई कभी हाँ नहीं करेंगे, देख लेना !''

मैं रूठने को तैयार, 'भला क्यों?'

'तुम्हारे भाई की गणित में जरा ज्यादा रुचि है। उन्होंने सब कुछ गिनकर रख छोड़ा है। वे इसी तरह कभी पढ़ाई, कभी तुम्हारी सेहत, कभी अपनी सेहत के नाम पर तुम्हें भावुक करते रहेंगे।' मैं उस दिन पहली बार श्याम से नाराज थी। उसे अन्दाजा हो गया था, वह बैठा रहा, अलग ! और यह मेरा मन था, जो अपने अलावा किसी को सजा देना नहीं जानता था। भाई का ख्याल करते हुए श्याम का उदास, शिकायती चेहरा भूलता नहीं और श्याम के साथ होती, तो बरामदे, खिड़की से झाँकते भाई बराबर आगे आ जाते। पढ़ाई का बहाना भर बचा था, बस!

भाई ने चुपचाप मुझे श्याम के साथ कर दिया। उन्होंने बीसियों चीजें मँगा कर रखी थीं, पर श्याम की जिद्द कि उसने भाई से वॉर्डरोब नहीं माँगी थी, रेडियो नहीं माँगा था, सूट नहीं माँगा था; सिर्फ मिनाती माँगी थी। भाई के बिना बोले, सब मेरे कमरे में बन्द कर दिया और मुझसे कहा' 'सब तेरा है, जब चाहे, ले जाना।'

अब तक मैंने छोटे-छोटे डर जाने थे, परीक्षा का डर, 'ट्यूटोरियल' का डर, घर देर से लौटने का डर, नाश्ते की भूख न होने का डर! यहाँ पहले दिन ही महसूस हुआ एक बहुत बड़ा डर होता है, जिसके साथ तीखा सुख न शामिल हो, तो वह आतंक बन जाय। अनुभव भय से शुरू होता और जब तक मैं विरोध करूँ, पता नहीं कैसे, खुशी ऊपर आ जाती, सुख शिराओं में दौड़ता, कि अचानक मैं पाती बदन मेरे काबू में नहीं है, बल्कि उसके किर्च-किर्च पलंग पर बिखरे हुए हैं।

मेरे लिए ढेर से कॉस्मेटिक्स मँगवाये थे श्याम ने। एक्साइज ड्यूटी में इतने रुपये देते देख, मैंने मना किया। श्याम हँस दिया 'अभी तो और चीजें आने वाली हैं।' उसके सम्बन्धियों का एक मात्र सन्दर्भ थे ये कॉस्मेटिक्स। मुझे सिर्फ इतना पता था कि उसका एक भाई टेंगानीका और दूसरा कनाडा में है। मैं उनके बारे में ज्यादा पूछती तो श्याम मना कर देता, 'तुम पहले पूछती हो, फिर अजीब-अजीब 'विश' करने लगती हो। तुम्हें पहले पता था, मेरे अतिरिक्त मेरे पास और कुछ नहीं है, कोई नहीं।'

ऐसे मौकों पर मुझे डर लगता। इससे पहले एक और 'अकेले' भाई देखे थे। अपने में पूरा व्यक्ति कितना आधा होता है यह भी पता था। भाई चुपचाप बर्दाश्त करते थे, उनकी बात और थी। उनके अलगाव में मैं अपना होना महत्वपूर्ण पाती। भाई को मैं हँसा सकती थी, खिझा सकती थी और बाद में तो उनका हाथ खींच कर उन्हें क्रिकेट मैच देखने के लिए स्टेडियम भी ले जा सकती थी।

पर श्याम जैसे बिना रिश्तों के फरिश्तों-सा आसमान से टपक पड़ा था। उसे मैंने कभी चिट्ठी लिखते नहीं पाया, कभी ट्रंककॉल बुक करते नहीं देखा।

नया घर ऐसा था कि हम दोनों से एक भी कभी कुछ देर को ही अनुपस्थित होता, तो छोटा होते हुए भी घर का अनुपात कुछ इस तरह बढ़ जाता कि दूसरा गुमसुम बैठा रहता, कोने में, उदास ! ऐसे रहना शायद मेरी ही नियति थी। जितनी देर श्याम दफ्तर में होता, मेरे पास होता नौकर और मौन, दो कमरों और एक बालकनी सहित।

मैं घर में फिजूल चक्कर लगाती रहती और थक कर बिना नींद सो जाती। मैंने सुझाव दिया, मैं खाना बनाया करूँ। श्याम ने खयाल भी गवारा नहीं किया। मैंने एक बार पेटिंग क्लास या सिलाई क्लास ज्वॉइन करने की बात की। श्याम हो हो कर हँस दिया और सारे कमरे में मुझे फिरकनी की तरह घुमा डाला, 'तुम्हें कमला-बिमला बनना है अब ! फिर तो मुझे नन्दकिशोर या पन्नालाल बनना होगा, मिन्ना !'

श्याम को पड़ोसियों से अलर्जी थी और उसने पहले दिन ही मुझसे कहा था, 'इस कोशिश में रहना कि कभी इनसे परिचय न होने पाये।'

पड़ोसी मुझे भी पसन्द न थे। दोपहर भर वे ऊँचे चला कर रेडियो सुनते और दूसरी मंजिल से नीचे सड़क पर फेरीवालों को आवाज देते। कुछ तो ऐसे कि भरी शाम लुंगी और बनियान में बालकनी में खड़े हो जाते। उनके बच्चे मुझे आण्टी कहना चाहते जबकि मुझे आण्टी शब्द से सख्त चिढ़ थी। मुझे लगता, आण्टी होते ही मैं इस बिल्डिंग की चौदह औरतों में से एक हो गयी।

एक दिन चाय पीते समय मैंने कहा, 'हम 'गुफा' नहीं गये फिर !'

श्याम बोला, 'मुझे उस जगह से चिढ़ है। मैंने अपने सबसे कठिन दिन वहाँ गुजारे।'

मैं नाराज हो गयी, 'वह मेरे लिए सबसे खूबसूरत जगह है। गलियारे के उस टुकड़े पर पहुँच कर सर ऊँचा करने की देर थी कि पहाड़ से तुम

वहाँ खड़े होते थे।' नाराजी में मेरे होंठ थोड़े आगे निकल आये थे, श्याम ने उन्हें अपने में भर लिया। जब छोड़ा, मेरी चाय पानी हो चुकी थी।

भाई कभी नहीं आये हमारे घर। मैं हफ्ते में दो बार जरूर जाती। जब जिद करती, भाई कहते, 'न मिन्ना, मेरा मन नहीं होता घर से निकलने का।'

मंगलवार और शुक्रवार को भाई घर में खूब सारी आइसक्रीम जमा कर रखते। मेरे सारे शौक, जिन पर उन्होंने खास गौर नहीं किया था, वे अब पूरे कर रहे थे। यहाँ के अकेले घर में मेरा मन ऐसा रमता, जैसे सहेलियों का जमघट मिल गया हो। मैं दौड़-दौड़ कर सारे घर का चक्कर लगाती और थक कर सोफे पर धम् से बैठ जाती। भाई मुझसे बहुत कम बातें पूछते। बस, मुझे देखकर उन्हें ऐसा सन्तोष आता कि फिर से अपनी किताबों में जुट जाते। उन्हें अपनी किताबों से अजीब किस्म का मोह था। चाहे पढ़ते नहीं, उनकी साज-सँवार, झाड़-पोंछ में अक्सर लगे रहते। खास तौर से इतवार बिताने का उनका यह पुराना तरीका था। खाली और लम्बी दोपहरों में मैंने उनकी किताबें खूब खखोरी थीं। बहुत किताबों में जगह-जगह लाल पेन्सिल के निशान लगे थे। मैं उन हिस्सों को जरूर पढ़ती और सोचती, 'ये सब भाई ने कब पढ़ डालीं।' मैंने तो आज तक कोर्स व 'डेनिस रॉबिन्स' के अतिरिक्त कुछ नहीं पढ़ा था। हर किताब के दायें कोने पर, ऊपर, भाई के हस्ताक्षर होते थे और तारीख।

भाई की उदासी देख कर यह यकीन करना मश्किल था कि भाभी की एक भी निशानी घर में नहीं होगी। पर उनका अकेलापन पकते-पकते, तटस्थता बन चुका था। उनके चेहरे पर अब वह तना हुआ, खाली, खोखलापन नहीं था, जो तब रहता था, जब मैं आयी-आयी थी। तब तो लगता था घर का एक कमरा, दूसरे से और दूसरा, तीसरे से सहम रहा है। रफीक जो मशीन की तरह खाना-चाय मेज पर लगाता और बाकी इन्तजाम करता था, अब मशीन से आदमी बन गया था और बिना जरूरत भाई से पूछ चाय वगैरह लगाता था। रफीक ने ही मुझे बताया कि भाई कभी-कभी मेरे कमरे में जाकर पढ़ते हैं।

श्याम ने मुझे एक भी दिन भाई के पास रहने नहीं दिया। किसी-किसी दिन मुझे बड़ी जिद चढ़ती और मैं उसके दफ्तर से लौटने पर कहती, 'मैं जा रही हूँ।' श्याम। श्याम इस कदर उदास होकर बैठ जाता कि तैयार होते-होते मैं माफी माँगने की हालत में होती और वह मान करने की। दिन-पर-दिन श्याम की, प्यार करने की ताकत और और बढ़ती जाती थी और उसकी बाहों में मेरा बदन कपूर की तरह मानों उड़ जाता। वह उन्हीं हिस्सों को दुबारा प्यार करता, तो पहली झनझनाहट दूसरी से मिल जाती और देह लपट बनकर भक्-भक् जल उठती। ये वे दिन थे, जब हम घर के अलावा कहीं खुश नहीं रहते थे और कहीं आमंत्रित होने पर वहाँ दो घण्टे देर से पहुँचते। श्याम ने एक भी फिल्म पूरी नहीं देखी थी और कभी मैं जिद करती तो कहती तुम सुबह देख आया करो, आई काण्ट स्पेयर यू !'

और यही खूंख्वार प्यार करने वाला श्याम कभी इतना अकेल हो जाता कि मुझमें से भी निकल जाना चाहता। उस समय उसकी आँखे खाली मकान-सी चुप हो जातीं और मेरे पास आने पर वह हँसता नहीं, मुझे समेटता भी नहीं, बस, मुँह फेर लेट जाता। एक दिन मैंने पूछा था, 'घर की याद आ रही है?'

तब पहली बार श्याम के चेहरे पर विरक्ति देखी थी। उसका चेहरा जड़ हो रहा था और उसे छूने पर महसूस हुआ कि त्वचा कभी-कभी कम्यूनिकेट करना भी बन्द कर सकती है। इस 'हॉरर' को जानने के बाद मुझे श्याम और भी अमूल्य लगा था और उन दिनों मैंने उसके पिघलने का बहुत इन्त्तजार किया था। पता नहीं, मैं कब सो गयी थी। जब श्याम का हाथ बालों में भटकते, महसूस किया, थोड़ी देर तक वह दिखा नहीं था, एक देहगन्ध आयी थी और फिर अंधेरे में उसके तीखे नक्श अपनी ओर मुस्कराते पाये थे। मुस्कराते, तरल होते। इतनी सुबह मैं कभी नहीं उठी थी और ऐसे सकुचाये सबेरे की नीम आभा में श्याम को पहले कभी नहीं देखा था। खिंचाव टूट जाने पर उसका चेहरा अतिरिक्त नया लग रहा था।

भाई के यहाँ श्याम बहुत कम गया। भाई ने वैसे, कभी नहीं पूछा। बस, अगल-बगल देखते और चुप हो जाते। मैं कभी बताती कि श्याम दफ्तर में कितना व्यस्त है, तो बीच में ही कह देते, 'कोई बात नहीं।' घर चलने के लिए मैं श्याम से बहुत जिद करती और फिर खुद दुखी हो जाती। वह दफ्तर से थका आता था और फिर घर से नीचे उतरना नहीं चाहता। मैं सारे दिन घर में रहकर उकता चुकती और उसके आते ही बाहर जाना चाहती। उसने हल सुझाया कि मुझे दोपहर को निकलना चाहिए, पर मुझे सुनना भी 'ऑड' लगा। इससे पहले भी मैं कभी दोपहर में घर से नहीं निकली थी और फिर दोपहर में भाई भी तो दफ्तर में होते।

कभी-कभी श्याम जाता, वह और भाई, आमने-सामने, चुप बैठे रहते, सिर्फ मैं शोर मचाती रहती। मैंने यह बहुत बाद में गौर किया कि मिलने पर न भाई कभी खुश हुए, न श्याम !

एक दिन मैंने हल्के से श्याम से शिकायत की, 'तुम भाई से बोलते तक नहीं!'

श्याम ने कह दिया, 'वे भी तो नहीं बोलते ! अगर वे अपने को डिब्बे में बन्द कर सकते हैं, तो मैं भी ! मुझे स्नॉबरी से सख्त चिढ़ है।'

श्याम जो मेरे प्रति इतना कोमल था, अधिकांश लोगों के प्रति बहुत सख्त था। हमारे घर इतने लोग आते। श्याम शालीनता भर बोलता भी, पर मैंने कभी उसे कहते नहीं सुना : 'वह आदमी अच्छा था।'

शायद इसीलिए, उसका मुझसे इस कदर जुड़ा होना मुझे इतना गर्व देता। मैंने अपनी सब सहेलियाँ छोड़ दी थीं। वे मुँह बिगाड़तीं।

'अरे, शादी ही तो हुई है, कौन प्रधानमंत्री बन गई है मिनाती!''

सबके प्रति पहाड़ से भी अधिक कड़ा, जिद्दी और 'रफ' रहने वाला श्याम जब मुझ पर झुकता, मेरे पाँव जमीन पर न टिकते।

पढ़ाई बीच में छूट गयी, इस बात का भाई को अफसोस था, पर उन्होंने कभी कुछ कहा नहीं। ममी बड़ी नाराज थीं और बार-बार कहती थीं, 'मेरी कोई लड़की इतनी मामूली नहीं निकलीं !'

मुझे यह नयी सामान्यता असामान्य सुख दे रही थी। श्याम ने मुझे तमाम बेवकूफियों, तमाशों और ओढ़े हुए बचपने से मुक्ति दिला दी थी। हम दोनों बहुत नये और छोटे लगते थे, पर जब कोई हमसे यह कहता, मेरी तीव्र इच्छा होती, वह हमारे घर आये।

मेरे पेट में थोड़ा दर्द रहने लगा था। मैं भूलने की कोशिश करती, पर पता नहीं कैसे, दर्द, चेहरे का सत खींचकर रख देता। जिस दिन श्याम को बताया, वह चिन्तित हो गया और दफ्तर नहीं गया। मैंने मजाक किया, 'बीमार मैं, और कैजुअल लीव पर तुम।''

वह हँसा नहीं, जबरदस्ती कर, मुझे डॉक्टर के पास ले गया। दवाई से फायदा शायद होना ही नहीं था। कोई भी आवाज होती, तो महसूस होता पेट से ही टकरायी है। श्याम कभी सन्देह से मुझे गुदगुदा कर हँस पड़ता, पर मैं साथ-साथ हँस नहीं पाती। मेरी बर्दाश्त इन दिनों कम हो गयी थी और अगर श्याम में इतनी गंभीरता और सहन शक्ति न होती, तो घर में रोज चीख-पुकार हो सकती थी।

एक दिन किसी ने दरवाजे की घण्टी बजायी। मैं दरवाजा खोलकर पलटी थी कि पेट में तीर-सा चुभा और जब तक मैं कमरे में आऊँ मुझे ठण्डी जमीन अपने गाल व हाथों पर कुछ क्षण को महसूस हुई। फिर लगा किसी ने खौलते कड़ाह में डालकर उठाया है। देर तक सांस की निरन्तरता पता नहीं चली और जब मैंने आँखें खोलीं, तो देखा दरवाजा था और सन्नाटा। बड़ी मुश्किल से मैं कमरे तक गयी और पलंग पर पड़ गयी। मुँह में कै का स्वाद था, पर आँतों में उसके लिए ताकत नहीं थी। डूबी-डूबी मैं कब तक लेटी रही, मुझे पता न चला। जिस समय झटके से होश आया उस समय श्याम का हाथ मजबूती से मुझे हिला रहा था। आँख खोलने पर बहुत थकान शरीर में पायी और श्याम के किसी सवाल को समझ पाना मुश्किल हो गया। 'ग्लूकोज' देने के लिए श्याम गिलास में पानी लाया और मेज से डब्बा उठाने लगा था कि चौंका,

'टाइमपीस?'

मैंने कहा : 'रुक गयी?'

'नहीं, टाइमपीस यहाँ नहीं।'

मैं हकबका कर उठी। सिरहाने टटोला, ट्राँजिस्टर नहीं था, मेज की ड्रॉअर में छोटा पर्स और पेन नहीं था, और श्याम की छोटी कैंची टेढ़ी हुई वार्डरोब के पास पड़ी हुई थी। हमने वार्डरोब, खोलकर देखा, यहाँ जब ज्यों-का-त्यों था।

श्याम ने पूछा, 'जब तुमने घण्टी सुनकर दरवाजा खोला तो कौन था?'

बहुत जोर देने पर भी मुझे कोई शक्ल याद नहीं आ रही थी। घण्टी बजने के साथ मुझे दर्द का तीखापन और खौलते कड़ाह में अपना गिरना भर याद था।

बाकी घर छेड़ा नहीं गया था, पर श्याम को फिक्र यह थी कि किसी ने चोर को देखा नहीं और वह सारा घर और सिचुएशन समझ गया है। हम किसी पड़ोसी से पूछने की स्थिति में नहीं थे। यह सब देखने से मुझे अब ऐसी दहशत हो रही थी कि मेरे लिए घर में ठहरना मुश्किल हो रहा था। श्याम की समझ में नहीं आ रहा था, क्या इन्तजाम किया जाय। मैं घर छोड़कर भाई के यहाँ जाने को तैयार नहीं थी और यहाँ दिन भर अकेला रहना भी मेरी हिम्मत के बाहर था। इससे बढ़कर श्याम को फिक्र मेरी तबियत की थी।

एक्सरे के लिए खाली पेट मुझे बेरियम पीना पड़ा। मुझे अस्पताल कभी पसन्द नहीं आये। सिनेमा में देखकर भी नहीं। मैंने वापस चलने की जिद की। श्याम नहीं माना, चिन्तित खड़ा मेरी बारी का इन्तजार करता रहा।

पता चलते ही भाई आये थे घर, डॉक्टर लेकर। उसी ने एक्सरे सुझाया और कहा अपेण्डिसाइटिस का अन्देशा है। डॉक्टर ने कहा अपेण्डिक्स का आपरेशन मामूली होता है, आठवें दिन ये चलने लगेंगी।

मेरे दिमाग में ऑपरेशन की सिर्फ एक तस्वीर आती थी : 'सफेद चादर या लाल कम्बल में ढका मरीज, डॉक्टर के हाथ में मरीज़ की नब्ज, और एक शब्द, 'एक्सपायर्ड'।

इस समय लेटे हुए मुझे बहुत डर लग रहा था, पर मैं कुछ कह नहीं सकती थी। श्याम मूर्खता के अतिरिक्त सब कुछ बर्दाश्त कर सकता था।

एक्सरे साफ नहीं आया था, एक दिन छोड़, दूसरे दिन फिर जाना था। बुधवार को निकलते समय मैं तंग आ गयी, 'क्या रोज-रोज अस्पताल !'

'शुक्र मनाओ, मेटर्निटी अस्पताल नहीं जाना पड़ता।' श्याम कहने से नहीं चूका।

इस बार के एक्सरे के बाद मुझे घर नहीं जाने दिया गया। मैंने कह दिया, मैं अस्पताल में नहीं रहूँगी। डॉक्टर ने कहा, मुझे यहीं रहना होगा और चलना-फिरना मेरे लिए गलत होगा।

कमरा बड़ा था और बीच में छोटा-सा पार्टीशन। बाहर वाले हिस्से में एक और मरीज थी जिसे उस समय खून चढ़ाया जा रहा था।

मैंने अपने बेड तक आते ही कहा, 'यहाँ अँधेरा है, दम घुट जायेगा।'

आया ने सारी खिड़कियाँ खोल दीं।

मुझे कुछ पसन्द नहीं आ रहा था।

मैंने मुँह बनाया, 'आँखों को चौंध लगती है।'

उसी समय गहरे नीले रंग के पर्दे टाँग दिये गये।

मुझे गन्ध से सख्त अलर्जी शुरू से रही है। यहाँ सब तरफ गन्ध ही गन्ध! कमरे में सुबह-सुबह फिनायल का कपड़ा फेरा जाता। दुनिया की हर दवाई की बू नर्स के यूनीफार्म से मुझे आती। जो भी डॉक्टर विजिट पर आता, अक्सर उसके हाथों में स्पिरिट की गंध होती। जब वार्डबॉय सारा कमरा, बरामदा साफ कर चुकता, मेरा मन होता, कमरे के बीचों

बीच मैले कपड़ों का ढेर लगा दूँ। हर कमरे को वार्डबॉय ऐसे रगड़ता रहता जैसे रात उसमें कोई मर चुका हो।

मैंने श्याम से जिद की, 'हम अकेले यहाँ नहीं रहेंगे।'

श्याम ने कहा, 'दफ्तर के बाद मैं यहीं रहूँगा।'

पर श्याम बैठे-बैठे थक जाता था। उसकी आदत थी कि दफ्तर से आते ही बूट समेत बिस्तर पर लेट जाना। फिर मैं पहले के बाद दूसरा प्याला चाय जब लाती और उठाने का हर तरीका आजमाती, तब कहीं उठता श्याम। दफ्तर से थका श्याम, यहाँ बैठा और भी चिन्तित लगता था।

मुझसे कहता, 'यह भी कोई आपरेशन है ! कराना ही था तो कोई बड़ा करातीं!'

और बरामदे में जाकर डॉक्टर से बार-बार पूछता, 'कोई खतरा तो नहीं!'

भाई शाम को आते, खूब से फूल लेकर। जब तक डॉक्टर एक बार नहीं आ लेता, भाई नहीं जाते, श्याम से दफ्तर के बारे में बात करते रहते फिर वे लोग साथ ही उठ जाते।

घर पर अधिकतर मैंने आराम ही किया था। पर यहाँ लेटे रहने में और वहाँ लेटने में फर्क था। वहाँ दर्द होने पर भी कभी यह नहीं लगा कि मैं बीमार हूँ। यहाँ जब से आयी थी, एक बार भी दर्द नहीं उठा था, मैंने डॉक्टर से कहा भी मैं बिलकुल ठीक हूँ, दर्द भी बन्द है, इसलिए ऑपरेशन जरूरी नहीं, पर डॉक्टर मेरी ऐसी किसी बात पर ध्यान नहीं देता था। चार दिन में यह हालत हो गयी कि अपना बीमार होना खासा ग्लेमरस लगने लगा और जितनी बार डॉक्टर विजिट पर आया मैंने अपने को अधिक बीमार पाया। डॉक्टर सन्तुष्ट था कि अब मैं सही अर्थों में मरीज हूँ उसकी।

ऑपरेशन से एक दिन पहले खाना-पानी बन्द कर दिया गया। श्याम बैठा 'सैलाइन' की बूँद-बूँद मेरी कलाई में जाते देखता रहा। भाई

कुछ घण्टों को दफ्तर गए हुए थे। मैं आज अपने में अधिक ताकत पा रही थी। श्याम बार-बार पूछ रहा था, 'तुम्हें प्यास नहीं लग रही !'

उसकी चिन्ता और कौतूहल देखकर पता चलता था उसने कभी बीमार नहीं देखे। वह किसी हालत में थोड़ी देर आराम करने के लिए राजी नहीं हुआ। पेट छूकर बोला, 'यहाँ खोलेंगे स्किन?'

मैं डर गयी, 'तुम्हें निशान बुरा लगेगा !'

'कैसी बातें करती हो तुम। मैं सिर्फ महसूस करना चाह रहा हूँ—जो तुम महसूस करोगी।'

मेरे बालों को नर्स ने बहुत सफेद कपड़े में बाँधा तो श्याम हँस पड़ा 'योगी लग रही हो !' श्याम की हँसी देखकर मन कच्चा हो रहा था। वह आज बहुत बोल रहा था और ऐसा वह सिर्फ तब करता था, जब अपने को कमजोर पाता था। मेरे पास से एक मिनट को हिला भी नहीं था, जब कि कल मुझसे बराबर कहता था, 'हम क्या ख्वामख्वाह भावुक हो रहे हैं, अगले से अगले हफ्ते हम 'गुफा' जायेंगे, जायेंगे न !'

मैंने कहा था, 'लग रहा है, हम दोनों, किसी तीसरे के लिए यहाँ आये हुए हैं।'

थियेटर में ले जाने के लिए मुझे स्ट्रेचर ट्राली में डाला गया। जाते समय श्याम 'ओ. टी.' के दरवाजे तक आया और मेरे अन्दर जाते समय, हल्का-सा ट्राली पर झुका। मेरे दिमाग में एक बार फिर उसके बालों की गन्ध बस गयी, बिना तेल के बालों की रूखी गन्ध ! यही वह गन्ध थी, जो उस दिन भी आयी थी और उससे अगले रोज भी जब श्याम मेरे आगे झुक गया था, 'लो' हम तो अब ऐसे रहेंगे जिन्दगी भर, मंजूर है!'

यही गन्ध मस्तिष्क में लिये-लिये मैंने अपने चारों तरफ कैंची, चाकू, चिमटी, और जिनका मैं नाम भी नहीं जानती थी, चमचमाते बेशुमार औजारों की पंक्तियाँ देखी थीं; निःशब्द, पर तेज चलते सफेद चोंगे और कुछ जोड़ी सतर्क आँखें देखी थीं और देखा था, ऊपरवाली

विशालकाय रोशनी के चमकदार कॉनकेव ग्लोब में अपना संक्षिप्ततम रूप।

डॉक्टर ने कहा था, 'गिनती गिनो एक, दो, तीन, चार.....'

मैंने गिनते-गिनते कहा था, 'मैं तो हजार तक गिन सकती हूँ, डाक्टर !'

डॉक्टर ने हँसकर कहा था, 'तो फिर अपने पति के बारे में बोलो।'

मुझे हँसी आयी थी, पर होंठ खिंच नहीं पाये थे, हल्का-सा बोझ शरीर पर गिर गया था, बस !

जब होश आया, सिर के ऊपर वह कॉनकेव ग्लोब नहीं था, आसपास एक भी औजार और सफेद चोंगा नहीं था।

आँखे पीछे खुली थीं, पहले गति पता चली थी, पंखे जैसी किसी चीज की।

फिर अपनी चिल्लाहट सुनी थी, 'पा....नी.... !

आँखों ने सबसे पहले बेड के ऊपर टंगी सैलाइन की बोतल देखी थी। अपने बिस्तर से आगे का कुछ देखे बिना आँखें थककर फिर बन्द हो गयी थीं।

बन्द आँखों में बदन का अनुभव समाया हुआ था। बदन में दर्द नहीं था, पर बिना दर्द, तकलीफ थी। नहीं, तकलीफ नहीं थी, अजीब-सा बोझ था कि पैर, हाथ, होंठ, सब काठ के हो गये थे।

बेड को पैरों की तरफ ऊँचा किया गया तो 'दूसरे' के होने का एहसास हुआ। फिर बदन, वापस पत्थर तले दब गया।

थोड़ी देर में अपने गले की आवाज सुनायी दी :

'पा....नी...... !'

अबकी बार बर्फ की ठण्डक जुबान पर पहचानी, धीमे से।

सारे बदन ने हिलना चाहा पर उँगली भी हिले बिना, वैसे ही, काठ बनी पड़ी रही देह ! फिर बड़ी चुभने वाली पीड़ा हुई पेट में और 'श' 'श' के साथ जुबान ने साथ नहीं दिया।

बहुत देर तक देह पत्थरों के नीचे दबी पड़ी रही और अचानक शरीर को झटका लगा और दिमाग पहली बार जागा : 'श्या.......म...!'

हाथ पकड़ा गया, तो बेहद कष्ट हुआ था और सब गुम हो गया। बीच-बीच में बहुत बार होंठ हिले थे; किसी तरह इस बार निकल पाया था : 'पा..... नी।'

बहुत-से पानी में तैरता सिर्फ एक सिर नजर आने लगा था, पानी उलट-पुलट होता था और दिमाग पर बेहतर जोर पड़ा था। एक बाँह पर बोझ दूसरी से ज्यादा था और शरीर ने ज्यादा बोझ को फेंक देना चाहा था।

फिर सब चीजें हवा में तैर गयी थीं।

लंगड़ी चींटी-सी आहिस्ता-आहिस्ता रेंगती हुई वापस आयी थीं कुछ चीजें, सफेद तकिया, लाल कम्बल का किनारा, सैलाइन बोतल और एक झुकाव किसी 'दूसरे' का।

एक बाँह पर वही बोझ था, दूसरी पर एक और बोझ आया, पहली से हल्का पर बोझ, फिर पकड़, फिर कोई नाम ! नाम डूबते दिमाग में गिरा; देर बाद निकला वापस, और आँखों ने तब देखे, दो बहुत जरूरी चेहरे।

◆◆◆